小雨奏鸣曲

吴诗雨 著

中国出版集团 现代出版社

图书在版编目（CIP）数据

小雨奏鸣曲 / 吴诗雨著. -- 北京 : 现代出版社，2017.11

ISBN 978-7-5143-6588-7

Ⅰ. ①小… Ⅱ. ①吴… Ⅲ. ①散文集－中国－当代 Ⅳ. ①I267

中国版本图书馆 CIP 数据核字（2017）第 247918 号

小雨奏鸣曲

作　　者　吴诗雨
责任编辑　杨学庆
出版发行　现代出版社
地　　址　北京市安定门外安华里504号
邮政编码　100011
电　　话　010-64267325　010-64245264（兼传真）
网　　址　www.1980xd.com
电子邮箱　xiandai@vip.sina.com
印　　刷　成都新千年印制有限公司
开　　本　880mm×1230mm　1/32
印　　张　7
字　　数　105千
版　　次　2017年11月第1版　2017年11月第1次印刷
书　　号　ISBN 978-7-5143-6588-7
定　　价　26.00元

少年写作的意义

方卫平

这些年，偶有参与一些少年写作方面的评奖活动，少年朋友们酣畅舒展的表达才能和富于潜力的写作才华，常常令我印象深刻。我有时也会想，我们之所以对这些有时也不无青涩的文字赞誉有加，多少是因为它们的作者还是成长中的孩子，其评判与一般的文学批评并非依循同样的标准。但我同时也以为，少年写作和发表的意义，原本就有别于一般的文学，在这里，我们更看重的是一个孩子如何在向身边的阔大世界和广袤生活打开感官的过程中，学着用文字捕获自己的生活印迹，搭建自己的精神屋宇。屋宇虽不甚大，印迹也尚浅稚，却让我们看到了一种单纯生活、认真忙碌的年少个体身上的丰沛心力与蓬勃意气。这是他们的文字常令我怦然心动的最重要的原因。

从这个意义上说，这些少年们的写作令我们更多地回忆起文学诞生的初始价值和意义。想象古老的年代，人类从暗黑的丛林里艰难求取一餐一饮的生存权利，却不能满足于一种仅仅食饱衣暖的生活，而是还想找寻一种方式，来探询、诉说身体里的另一个同样重要的冲动。文学正是诞生于这一人性的基本冲动之下。从最初因欢乐或痛苦而发出的自然吁叹，到今天无比丰富、复杂、细腻的情感、思想的表达，“人”之一字所包含的风云起涌、波澜伏动的生命内容，在文学的书写中得到淋漓的探究与展示。毋宁说，文学亦是人自身的一种构建之道，经由它，人的内涵被大大地发掘出来和充实起来。对少年朋友来说，走进文学世界的最大意义，正在于运用人类语言特殊的表达力量，来观察、勘探、整理、发掘那看似不起眼的小孩的日常生活与生命的丰盈内涵，并从这样的表达和书写里，逐渐建构起关于自我、世界、生活、生命之意义的体验和认知。

收入这套丛书的十一册浙江中小学生的作品集，即是这样一种意义建构的探寻和展示。这些作品大多叙写童年成长生活的涓滴细流，虽则微小平凡，却也立体而丰饶。或许，再没有其他文字能像一个少年的文字那样清澈透明地映现出他自己最真实的世界，包括它的浅拙与青涩，也包括它带给我们的种种意外和惊叹。阅读这些文字，我们仿佛重历了世界与个体的最初相遇，那种难以被复制的真诚的单纯和天然的稚趣，读来自有其动人的力量。我想，对于它们的作者而言，这些文字无疑也提供了关于成长的珍贵纪念。

同样是回到文学的源头，有一点伴随着文学诞生而来的对这种语言艺术的根本要求，尤其值得引起我们的重视。说来简单，这个要求就是，文学首先应是个体真挚情感的表达，是“情动于中而形于言”。若不是有不得不说的情思，人又何必在生计实务的各种奔忙中以此“虚务”烦劳自己？因此，如果把文学比作一棵大树，情是本根，言乃枝冠，无枝冠则本根之力无由显现，无本根则枝冠之华无所支撑。与此相应，作文之始，当先有真情实感抒发的冲动，再依此渐渐寻找生动、新鲜乃至奇妙的表达，切忌一上来就大工辞藻，空洞抒怀。

遗憾的是，这个要求在今天的文学技能教学，尤其是学校作文教学中，有时容易被更显而易见、易于操作的修辞之术所掩盖。这些年，我每读到少年朋友自抒真情、实叙真事的作文，哪怕语言再简朴平实，读来也觉甘美非常。反之，如果表情述意的内容其实并不属于自己的内心，而是勉强铺排应景文字，语言上的异常雕琢反令文章的面目变得大不亲切，缺乏温度。年少时代，正如文学初生之时，情感和语言都是最清澈的状态，这种清澈赋予少年的感觉及其语言表达以独一无二的美感。我愿所有对写作感兴趣的少年朋友们都能从这样的清澈里扎实起步，逐渐走向本根深固的繁花满目。

2017年10月27日于丽泽湖畔

（作者系浙江师范大学教授、博士生导师，中国作家协会儿童文学委员会副主任。）

吴诗雨

小学六年级学生，诞生于港城宁波，出厂已有十三年，芊芊女子一枚，无不良嗜好，狮子座，有着果敢而疯狂的性子，大大咧咧却执拗得很。

外人面前的我显露出了一份斯文劲儿，经常听到妈妈同事夸我文静，其实我在心中因为他们的不甚了解而偷乐，又或者说被我的瘦弱体形所蒙骗。其实，我打心眼里不喜欢柔柔弱弱的女子，虽然我长得像芦苇，瘦弱的身子抵不住狂风的侵袭。我这人有时候很喜欢变来变去的，缺乏些主心骨，不笑的时候冷冷的，装深沉，笑起来却疯疯癫癫。我安静的时候，一言不发，闹腾起来，则会让妈妈苦恼是不是应该把我拖进疯人院治疗。嘿嘿，这就是两面派的我。妈妈说我这是孩提时代跨入青春期的间歇病。

其实，我是特别耿直一女孩，我很讨厌拐弯抹角地与人说话，不知道大人眼中的“圆滑”是什么。因此，妈妈常常数落我“口无遮拦”。可那就是我心中的真实想法呀，何必囚禁于心呢？有时候说出来岂不痛快？这就是我的观点啦，而我，也是这么去做的。

告诉你们一些我的“黑历史”吧！见到我的人都说我像是从西域走来的翩翩女子，有着混血儿的气质，被误认为是新疆女孩那可是常有的事了。这可能与父母赐给我的“丝路花雨”这一美名暗合了。因了这美名，我还喜欢食鱼，这也算是拜我名字所赐。有一次我在键盘上输入自己的大名，不知是出于巧合还是怎的，吴诗雨——“吾嗜鱼”居然第一时间扑入我的眼眶。好玩不？

写到这里，耳畔响起张国荣叔叔的歌声来——我就是我，我就是不一样的烟火。

架子鼓表演
——609班

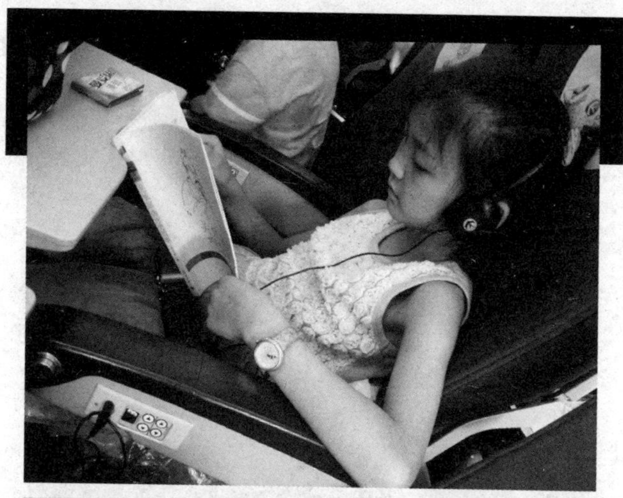

主题餐厅

GIANT

千年曙光
千年曙光

毕业证书

个人作品

内容简介

时光漫过窗台，漫过上学的小路，漫过校园的冬青树、梧桐树，漫过操场边的看台，也漫过我的头顶。经过时光淘洗的事物，有些不见了，有些长出了斑驳的锈迹。好在我掌握了文字，有一支笔，时光就不至于带走所有记忆。六年过去，时光的溪水闪闪发亮地流淌着，但一溪流的回忆却借助文字留了下来，像溪水里闪闪发亮的鹅卵石。

这些稚拙的文字，便是时光里的一尾小红鱼，它逆流而上，亲吻着流水的面颊，让一个小女孩的小时光泛起洁白的浪花来。

一、二年级时写的文字是比较稚嫩的，仅一两百字，不过是些简单记叙。我笔下毛茸茸的小仓鼠、目光呆滞的金鱼、忠诚的小狗，都统称为“可爱”。因而，当我再次看到自己那时的文字，仿佛这些小精灵都是一物，却也不乏单纯。现在写文章我可是不好意思多用诸如“真是太可爱了！”的句式。当然，简单文字下可藏着一颗既饱含稚嫩又可贵的童心，那是最纯真的记忆！

到了三、四年级，我写起文章来有了自己的主见，比如写物多了些叙事，读万卷书，行万里路，妈妈带着我各地行走，此时游记成了我最热衷的文体。南京大牌档的“饕餮盛宴”，宁波天一阁的缕缕书香，天津古文化街的泥人、糖画……无不记录在我心爱的本子中。可以说，这些文章比照片看着更能将人带入回忆。翻看这些游记，我仿佛故地重游般亲切。

五、六年级的文字已经带了些腔调，不再是最单纯的写物与叙事了。更多的则是书写内心深处的体会，描写自然更加具体与真实。这的确是我在写作方面一次质的飞跃。

整理这六年的文字，我仿佛看见了那个幼小的、充满稚气的我在起点向自己招手，而我则朝她微微一笑，列车又向漫漫的远方驶去，每经过一站，我都将完成巨大的蜕变……

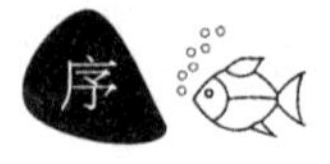

像春雨落进池塘

在我的写作课堂上，有一个小姑娘特别令人瞩目。她瘦瘦的，但看上去很精神，每当讲到一个有意思的知识时，她的眼睛总是一亮一亮的。她很专注，这一点从写字的样子就可以看出来，她的字小小的，但每一个都很工整，笔画清晰，少有敷衍。这个小姑娘就是吴诗雨，小名小雨。我自然是领略过小雨的文采的，小小年纪，却写出了一手好文章，她的文字清新雅丽，透着一份特有的灵气，这种灵气就像二月的新叶，也像初融的春水，新鲜、透亮、干净、生气勃勃。

更令人惊喜的是，有一天小雨妈妈跟我说，徐老师，我想将小雨这几年写的东西整理一下。她这一理就理出了七八万字。对于一个十二岁的小女孩来说，这是多么可观的写作量。于是开始读她的作品，打开看，一个小小少年的世界迎面而来，她写下了时光漫过童年的滋味，里面有小小的欢喜和忧伤，像一枚青橄榄，青涩也略带着甜味。她写下了童稚的生活和天真的话语，里面藏着对成长的感悟。她写下了一路行来经见的风景，日月山川、草木虫鱼，皆入了她的文字。她还写下了那些读过的书，那些遇见过的人……文字没有让时光白白流去，而是那么真切地记录了心灵的印痕。也因为这些文字，小雨的童年将永不褪色。

这是小雨人生里的第一本书，意义格外重大。我为什么这样说呢？因为我觉得这是她跨向文学之路的第一个台阶，也是她走向更为开阔的远方的一艘小木船。就像从前乡下外婆家的河埠头，那里有一艘小木船，我们就是乘着那样一艘小船，渐渐地驶过村中的小河，驶入城里的大河，又驶向旷野上的大江，一直到达大海。这不禁让我想起另一个故事，那是20世纪90年代初期，有一个少年骑着单车，穿过无边的田野，到达小镇上一个破败的邮局，少年的手里攥着一张十元稿费单。为了取到这笔稿费，他前前后后往邮局跑了三趟，第一趟是因为他不知道取稿费要带上身份证。少年没有身份证，只能去学校开个证明。第二趟，他拿着证明来了，可学校忘记给盖章了。第三趟来，他终于从高高的柜台上接到了一张皱巴巴的十元纸币。他怀揣着这张十元纸币，跨上了单车。自行车重新穿过田野，傍晚的凉风吹来，碎金般的夕阳在金色的稻穗上跳跃，这是他人生里的第一笔稿费，他第一次那么真切地尝到了收获的滋味，他觉得自己的心激动地怦怦跳，他想对着田野大声地唱一首歌。那是一种多么意气风发的感觉。你们当然能够看出来，这个少年就是后来的我。写到这里，我仿佛感觉到时光奇妙地交织在一起了，我曾经经历的文字最初带给心灵的回响，今天又落到了小雨的心上。就像春雨落进池塘，露珠落进初绽的花蕾。我知道这样的回响，一定会成为一颗饱满的种子，它就埋伏在岁月深处，假以时日，它一定会发出芽来，并长成一棵茁壮的树。

小雨还很小，她的人生无限可能，她的文字也无限可能。但我期待她一直写下去，如麦家先生说的那样：只有不断地书写，文字才会以命运的形式回馈于你。我期待她一直清澈、一直自由、一直率真如初。

这是第一本书，但这也是最不凡的一本书，小雨的人生从此会因文字而不同。

徐海蛟

2017年6月30日

目录

第三乐章　沉思的提琴

第四乐章　大地的歌声

第一乐章

远去的稚语

远去的稚语

♫

换牙喽

在我这个年龄段，要经历一件痛苦的事——换牙。

前几天晚上，我刚咬了一口牛排。突然，“咔嚓”一声，我的一颗牙齿晃动了。我心想：我可不想去拔牙啊！脑海中一下子冒出了《鳄鱼怕怕与牙医怕怕》的故事，心里有些忐忑不安。于是，我把这件事告诉了妈妈，妈妈答应了。我就静静地等待着牙齿的自然脱落。

一天、两天、三天过去了，我的牙齿还没掉，摇摇欲坠。我开始心急了，问妈妈："妈妈，牙齿什么时候才会掉呀？"妈妈笑了笑说："应该是这几天吧！"我叹了口气："唉，我的乳牙可真长寿呀！"

今天，我到朋友家去玩。朋友请我吃甜瓜。我就大口咬了下去。没想到，牙齿一下子就掉了下来。妈妈说："乳牙掉了就会长恒牙，你可要好好保护喽！"

我想把这颗牙齿珍藏着！

捉飞虫各招

我们刚从台湾回来，推开家门，看见家里全是飞虫。妈妈皱着眉头说："肯定又是你老爸开窗户了。"我跑过去一看，果真被妈妈猜中了。

妈妈说："如果今天不打扫，这些飞虫就会快速繁殖。我们就会生活在飞虫的世界里，不得安宁。"妈妈立刻拿来了"杀虫喷雾"，不停地向飞虫喷去。好几只飞虫从天而降，奄奄一息。

我也有高招！我想到了水果店里有一种彩色丝带在不停地旋转，可以驱赶飞虫。我把自己的想法对妈妈说，妈妈却说，这个方法捉不了飞虫，只能驱赶。

我又想到了鲁迅小时候捕鸟的方法。于是，我在一张纸上铺上了一层白糖，引诱飞虫。白糖上盖了一只一次性杯子，下面还撑着一支铅笔。

虽然我用这种办法没有捉到一只飞虫，但是，妈妈还是夸奖我爱动脑筋。

我和妈妈忙碌了一个晚上，家里又恢复了原样。劳动的滋味，就是生活的滋味，那滋味是快乐！

蚕宝宝的秘密

前些日子，我养了几条蚕宝宝。刚接手时，蚕宝宝比蚂蚁还小。我把它们装在了一个小巧玲珑的盒子里。我天天给它们喂嫩嫩的桑叶。一天又一天，它们长大了：白白的身子，黑黑的小眼睛。它们在桑叶丛中慢悠悠地蠕动着，它虽然是缓慢的，但它又是努力的！

可是有一天，我只顾着做作业，竟然把喂蚕宝宝的事忘得一干二净。第二天，桑叶由绿变黄，变得硬邦邦的，没有一丝水分。饿了一天的蚕儿们变得“面黄肌瘦”，就

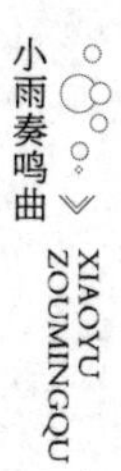

像沙漠中的行者，没有水，也没有食物。看着它们变得瘦巴巴的，我的心里充满了愧疚。

于是，我就央求爸爸来到桑树下，采摘新鲜的桑叶。一放下嫩绿的桑叶，蚕宝宝们就争先恐后地爬上去啃。在我们的精心照顾下，蚕儿们变得“精神焕发”。几天后，它们居然“面色红润”，身子白白胖胖的，慢慢变得讨人喜欢。

原来，蚕宝宝也像人一样需要被照顾。

蚕宝宝在吐丝了。我发现一条吐的是白丝，另一条吐的是黄丝。我感到很奇怪。爸爸笑着说：“小时候蚕的脚是什么颜色的，长大后就吐什么颜色的丝。”我听后惊讶不已——啊，原来蚕宝宝有这么多的秘密！

骆驼和蜗牛

有一天，骆驼去找小动物们比赛摘果子。它跑到菜园，冲着小兔喝道：“小兔！你敢和我比摘果子吗？”小兔见骆驼那庞大的身躯，不禁有些害怕了，颤颤巍巍地说：“不、不……敢……”骆驼又去找了好多小动物：小羊、小狗、小猫……最后，竟然是爬起来慢吞吞的小蜗牛愿意跟它比赛。其他小动物都吓傻了，纷纷躲进了屋子。

比赛开始了，蜗牛奋力向前爬去，一小时，两小时，三小时……天哪！它竟然只爬了两厘米！等了好久，骆驼已经筋疲力尽了。骆驼想：蜗牛确实是名副其实的慢啊，我还是在树下先打个盹吧！“呼……呼……”啊！小蜗牛终于爬到了骆驼身边，啊！骆驼竟然睡着了！于是，小蜗牛继续向上爬，努力奋斗着，瞧，它爬到半路了，但仍然不放弃，嘴里念叨着：“加油！加油！……”在它坚持不懈的努力下，它终于爬到了！小蜗牛用触角吃力地摘下一颗又红又圆的果子，爬了下去。

你看，骆驼还在呼呼大睡呢！小蜗牛用触角抵抵骆驼的眼皮，把骆驼唤醒。这时候，骆驼看到了小蜗牛嘴里的果子，尖叫起来：“啊！你这果子从何而来？”

“自己摘的呀！但是，现在它是属于你的啦！”小蜗牛大方地把果子送给了骆驼。

骆驼眼里噙满了泪水，说：“对不起！我再也不会看不起你了！”

从此，它俩成了一对世界上最要好的朋友。

额外惊喜

正月过去了，猪妈妈叫来了三个孩子——小花、小黑和小白。猪妈妈语重心长地对他们说："孩子们，年过完了，狼应该有些积蓄了，去问他讨债去，他租了咱三套房子，都快两年了，还不交钱！"

三只小猪屁颠屁颠地朝狼的房子走去，草房子，是狼租的第一套房子，它们走到了窗前，从窗口张望，一个人影也没有，只有几张桌子、一块黑板和一张讲台。小花气愤极了："真是可恶！狼肯定要使诈！上次来租房的时候，他就穿着破旧的长衫，装出没钱的样子！"

"就是！就是！"小黑和小花应和着。于是，它们又向第二座房子走去。

第二座房子，则是木头房，三只小猪从门缝里看，房子中央放了张破旧的书桌，台灯上已布满灰尘。三只小猪气得暴跳如雷，只得朝第三座房子走去。

到了砖头房，门缝里传出狼苍老的声音："逝者如斯夫，不舍昼夜……"三只小猪想："哟，还装起有学问的样子来了。哼，不管怎么样都得讨回租金！一分不多，一分不少！”

门微微合着，他们破门而入，狼正用枯瘦的手捧着书，一字一句地念着。今天，他依然穿着破长衫。

小黑生气地开了头，都语无伦次了：“你，你！为什么，不，交房……租！”老狼不好意思地摊开手，无可奈何地说：“孩子们，我真的没有钱了，这几年来，我迎了三批学生，又送走了三批学生，不求任何回报……”

小白觉得这句话似曾听说，抢着说：“真是太对不起您了！您，就是那位桃李满天下的教授吧！叫李昌……”

“李昌硕，桃李满天下——我可不敢当！”他微笑着，缓缓地说：“你们的三间房子正是我的教室，只是房租……”

三只小猪说：“李昌硕爷爷，我们应该向您致敬！房租嘛！以后再说吧！您能成为我们的房客，我们深感荣幸呢！”

一阵笑声从小屋里传来，又是一个阳光似果酱的下午。

校园童谣

♫

我的无作业日

每周三是我们学校的无作业日。这时候，我总会背上羽毛球拍去球馆练球。这一天，没有任何作业。我兴奋得像一只快乐的小燕子，一身轻松。

我欢快地跑到球馆，挥汗如雨地打球。一起一落，一起一落，我接到的球越来越多，连教练也直夸我进步了。有时候，我们还会排着队跳长绳。我们一个个鱼贯而出，清脆的笑声回荡在球场。

回到家，我不用再面对一大堆的作业。我终于可以捧起一本喜欢的图书，津津有味地看。我的肚子里装满了一个个奇妙的故事，我的眼睛里闪烁着智慧的光芒。

有时候，我也会拿起我心爱的画笔，画出一幅幅美丽的图画。我会沉浸在画的世界里……

无作业日给我带来了无穷的快乐，我真喜欢独特的周三！

爱心义卖

盼星星，盼月亮，终于盼来了期待已久的爱心义卖。我迫不及待地来到自己的摊位。一开始，我隐藏不住自己的羞涩，怯生生地坐在小板凳上。

开始义卖了，我们几个小伙伴脸火红火红，低着头，不敢正眼看路过的行人。妈妈见我们不敢吆喝，就急了，连忙说："不要紧张，放大胆子赶紧叫卖吧！"没办法，我们几个女孩子只好硬着头皮，红着脸，去招揽生意了。我见前面有一个阿姨领着孩子，便一个箭步冲上去，对阿姨说："快开学了，您帮孩子买一些学习用品吧？"她见我们态度诚恳，便欣然同意了。

通过一两笔交易，我们的经验越来越丰富了，卖的东西也越来越受欢迎。其中最有趣的要数小琪了，顾客买了一大堆东西：铅笔、书套、练习本……小琪竟然掰着手指头数："2+2=4，4+8=12……一共57元。"之后，他接过100元，开始在脑海里盘算起来，没多久，又把53元递给顾客。"错了！错了！"远远大声喊道，"整整亏了10元钱！""嘻嘻。"小琪摸着脑袋，不好意思地笑了。

远远可是个机灵鬼，人小鬼大，眼珠子骨碌一转，计上心头。顾客一来，他立刻放下跷着的二郎腿，变得一本正经。他一手拿着钱包，一手把钱递给顾客，忙得不可开交，俨然一个老到的生意人。

而我呢，拉着佳宁的手，渐渐壮大胆子，开始四处吆喝。我们的辛苦没有白费，又吸引了一大批顾客。看看顾客远去的背影，我在心里偷偷地笑了。

时间仿佛流水一般，半天的爱心义卖接近了尾声。可那顾客的一声声赞许却让我铭记在心。而义卖所得的钱，我们也会捐给需要帮助的人。

这是一次特别有意义的活动！

贴纸风波

最近，我们班级的“贴纸交易”风靡一时。

一大早，我就奔到小莹的桌边，掏出圆珠笔对小莹说：“小莹，你要圆珠笔吗？很便宜的，只要四个小贴纸！”“这么贵！我可不买。”我故意噘着嘴，嘟嘟囔囔地说：“那三个？已经很便宜了！”她见我这副可怜相，从盒子里取出三个贴纸交给我，我把笔往桌上一扔，就如释重负地跑开了。

到了中午，教室里更加“闹腾”了，大家都努力扯着嗓子叫卖着：“只要三个小贴纸啰！一个大本子！”“跳楼价，一个大贴纸！”“两个大贴纸三个本子！”原本安静的教室因为这五颜六色的贴纸而变成了大卖场。

“两个小贴纸一块橡皮！”青青大喊道。一双双手就伸到了她面前。“我用一个大贴纸！”国国几乎疯了，像饿狼般望着这块小巧的橡皮，想尽快把它抢购过来，批发个好价钱。

“成交！”青青笑嘻嘻地从盒子里取出一个大贴纸，放回她的小箱子中。

直到陈老师走进教室，同学们才安静下来，开始假装做作业。陈老师以为教室里很安静，便放心地走了。

陈老师前脚刚走，寂静无声的教室又变成了“百货商店”：大家纷纷从课桌里掏出贴纸开始叫卖，有的甚至有模有样地制作了标价和广告！

大家丧失了对学习的兴趣，态度也不端正了，天天想着贴纸、奖品……学习成绩如滑铁卢般下降了。

一开始，陈老师还不知情，可终究纸包不住火，不知谁向老师告了状。老师要求我们把贴纸统统扔了。

贴纸富翁——叶子首先开工了，他不舍地打开盖子，把贴纸倒进了垃圾桶，瞬间，垃圾桶边下起了一场壮观的“贴纸雨”。

同学们一哄而上，除了几个“小老师”还坐在座位上，可屁股也早痒痒了，那些人把垃圾桶围得水泄不通，不停地往里面抓贴纸，高兴得像天上掉馅饼似的。

最后，同学们在老师的监督下，很不情愿地把贴纸摧毁了。听说，那贴纸都积到了十厘米厚呢！

盲人和哑巴

今天，我在操场上进行了一个心理游戏——我当哑人，你当盲人。这是一次需要团结协作的心灵之旅。

游戏在绿草如茵的操场上开始了。我先当盲人，戴上眼罩。顿时，我的眼前一片黑暗。竺一依当哑人，领着我缓缓前行。我好奇又紧张。好奇的是，这次游戏会有怎样与众不同的感觉呢；而紧张的却是怕自己撞到一些障碍物而摔个人仰马翻。

走了几步，竺一依就将我紧紧拉住了。我很纳闷，只顾着闷头往前走。她又一次把我摁住了，拍了拍我的肩膀。我有些不知所措，脑子里一片空白。我开始揣摩了：她是叫我蹲下去吗？大概是吧？想着，我便不由自主地蹲下身去，可她又连忙将我拉了起来。我丈二和尚摸不着头脑，固执地继续往前走。果然，我被什么东西绊了一脚，可也顺利地前行了。原来，那只是一根橡皮筋。

当盲人难，当哑人也不轻松。在回去的路上，轮到我当哑人了。我牵着盲人——竺一依往前走。即将进入圆圈时，我拍了拍她的肩膀，她便心领神会地蹲下身来，钻进了呼啦圈。我也紧跟着钻过去，然后拉着她继续往前行走。没过一段路，一条皮筋横在眼前。我试着拍拍她的腿，示意她迈开脚来跨过去。还好，竺一依是个心思细腻的女孩，一个动作就心领神会。

这个游戏让我懂得了：在生活中，盲人和哑人有许多不便之处，需要每一个人去关爱他们、帮助他们。如果，我们因为他们的身体残疾而去嘲笑他们，是多么可耻。作为一个健康的人，我们应该伸出援助之手，让他们得到更多的关爱。

春日·别开生面·九宫格

“出发！”班主任陈老师一声令下，我们这一群小兵以前所未有的高效排好队伍，斗志昂扬地来到操场上，迎接即将到来的足球九宫格比赛。九宫格，顾名思义，就是有九个数字的格子。足球九宫格，不就是把球踢进格子里嘛，踢到几分就得几分。

环顾其他班的参赛队员：他们有的眉头紧锁，难掩紧张之势；有的东张西望，比赛似乎与之毫不相干；有的则窃窃私语，估计思量起打退堂鼓了。再瞧瞧咱们，个个神采奕奕，步伐整齐有序。光看这阵势，我们班就已占上风。

比赛开始了，首先出战的是1班和2班。一旁观战的同学们挤得密不透风，要不是有隔离带拦着，恐怕连选手们站立的那一小块区域也会被一并占了去。

没一会儿工夫，就轮到我们班上场了。观战的我们目不转睛地盯着数字“9”——那是一个神才能拥有的圣地。恨不得，那小小区块在我们这专注的一盯中放大数倍，抑或是，在我们出脚之时，来一阵怪风相助也好。当然了，谁不希望自己班夺得高分呢？

“旋风小子”蒋科宇打头阵。他向后退了几步，猛吸一口气，紧咬下唇，几步助跑后快速将球铲起，黑白相间的足球夹带着细灰、枯草在空中划出一道优美的弧线。而我们的眼珠也随球的起落移动，最后稳稳地停在了九宫格的“9”上。“九分，九分！”“好样的，蒋科宇！”“蒋科宇，定拿第一！”一时间，欢呼声、加油声此起彼伏，排山倒海。第二局开始了，蒋科宇更是铆足了劲，又是一个潇洒的飞球，砸中了不高不低的“5”分。他的两次飞球令

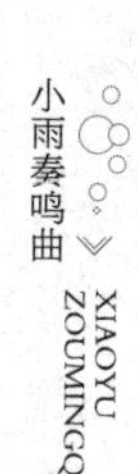

全班同学都神气无比。

接下来出场的是我们班的运动女将赏水铃，我们亦是抱满了希望。她镇定自若地把腿向后一抬，随后将球巧妙地翘了起来。球灵活得就像一只鸟儿，直往“6”上飞。“嘭！”球不偏不倚地在“6”上安了家，全班又一次欢腾。第二球更是不负众望，竟砸中了极其可贵又不可思议的“9”。赏水铃快活得像一只小鹿，在同学们的簇拥下蹦蹦跳跳地离开赛场。

虽然我们班的总分加起来略逊他班，最终与第一无缘，但我们全力以赴，重在参与，我们依然是比赛的胜者……

恼人音乐课

想必音乐课是我们班最头痛的一门学科了。许多同学一提起音乐课便开始不寒而栗。课堂上，先是齐唱，十几首歌就这么一首首唱下来，起初是放声歌唱，还带点新鲜感。到了第五首，我便耐不住性子了，只觉一阵头昏脑涨。此时，我犹如走进了一片养蜂场，千万只蜜蜂在我耳畔低吟，想弹又弹不去。

全班就这样意兴阑珊地唱着，时间仿佛没了尽头，总是徘徊不前。唱了一半，我的喉咙便干得冒烟似的，还得一边画拍子，全身变得软塌塌的不说，简直是身心疲惫。

齐唱算是过去了。老师又一个个抽同学唱。原本就是个慵懒的午后，被抽到的同学也只能无奈地唱。可你一旦唱轻些，音乐老师那能杀死人的目光便如利刃般射来，让你体验一把万箭穿心之感。

一个世纪那么长的音乐课终于在铃声中结束了。同学们紧绷的神经终于得以释放：有的直接趴在桌子上，有的则如夏天狂奔后的小狗般喘着气，有的干脆豪饮——整整喝光一杯水。同学们继而又一副欲哭无泪的样子，呆滞地坐在那儿，眼神空洞乏味。

恼人吗？这样的音乐课！

生活课

♫

一碗烤毛豆

明天我们就要去晴江岸野餐了，妈妈提议：“要不我们把外公种的毛豆也带上吧！”

傍晚，外公就去田里摘毛豆。一个个毛豆像害羞的小姑娘躲在叶丛中。我和外公小心翼翼地拔下一个个毛豆。没多久，篮子里的毛豆就叠得高高的。

这下轮到剪毛豆了。外公告诉我，毛豆只要剪一头就可以了，要是剪两头，说不定会爆开的。我拿起剪刀“咔嚓、咔嚓”地劳动起来。我越剪越快，越剪越多。妈妈看见了，夸我是个勤劳的好孩子。

第二天，勤劳的外公起了个大早，烧了一碗烤毛豆让我们捎上。这里面凝聚了我和外公的劳动成果，味道一定鲜美！

做包子

一放假，我和佳宁就一起去励老师家做包子。

我们先把面粉揉好，“嘿咻！嘿咻！”接着，嬷嬷把它装进盆子里发酵。天比较冷，于是，我们把盆子放在装着热水的盆子上，一分钟，两分钟，三分钟……面粉终于膨胀了，我们把它取出来，就可以开始做包子了。

我们用擀面杖把面粉搓成一个圆形，放上肉馅，包起来，将它捏成花瓣形的。我精心地包着，心中充满了憧憬与希望。第一个包子诞生了，却什么也不像，可我依然快活。我又拿来了一块皮子，放上肉馅包起来，一个，两个，三个……我们两个小伙伴包得越来越像，越来越好。从一个个“面粉怪物”变成了一个个美丽的“面粉公主”。这使我们信心满满。

最后，励老师把我们做的“怪兽”与“公主”一齐放进蒸锅，开始蒸起来。没多久，包子出炉了，一阵香气扑鼻而来。

吃着自己亲手做的包子，我们甜甜地笑了。

三年如梦，一樽还泪江月

游泳，是我的一大天敌。一见到泳池，我就怕了，一闻到池水的气味，骨头就酥软了。每年夏天，我都要接受为期长达十天的游泳训练。作为“游泳白痴”的我，三年才学会简单的蛙泳。今天，我就来讲讲第四天时，我是如何学会的吧！

那天，我下了水，都老师便让我练习蛙泳腿和换气。他来掌控我的脚。我吸了一口气，如虎鲸般一跃，纵入水中，就在我换第二口气时，都老师突然把手松开了。我心里一惊，我的样子一定十分可笑：双手不断扑腾，两脚在水中张牙舞爪地乱拨，特像被活生生扔进水中的哈巴狗。

都老师瞧着我这副狼狈样，不禁哈哈大笑。不知是他的大笑惹恼了我，还是我领悟到了游泳的真谛，我对都老师说：“能让我自己试试吗？”都老师点点头，继续放肆大笑。我狠狠地吸了一口气，纵入刺骨的水中，双腿像劈叉似的往外蹬。时机到了，我努力地将头往上抬，大大地吸了一口气，再扎入水里。耶，我似乎成功了，我学会换气了，我欣喜得不知道如何来庆贺了。

哎，为何每次我学会一样东西都这么偶然，希望下次，不会这样的茫然与无措了。

捕蝇记

外婆家在杂草丛生的乡下。天上飞的，地上跑的，水里游的（发洪水时）样样都有，也算是海陆空样样具备了。可外婆却不需要防备它们，该防备与令人生厌的还是一天到晚嗡嗡作响、传播细菌的苍蝇。外婆说，天气渐凉，苍蝇都躲进家里来了，特别是厨房，天天作乱。

外婆想尽一切办法，都无法制服恼人的东西。可有一天，这些苍蝇却被外婆治得节节败退。

外婆为了不让苍蝇在屋子里胡作非为，就心生一计。

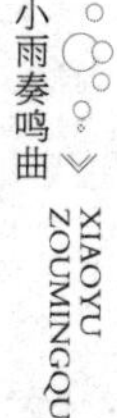

她将捕蟑螂、老鼠的强力贴放在桌上，又在上头放了几块掰碎的、略带清香的饼干，就自顾干活去了。而我，则在一旁兴致勃勃地观察。

过了半分钟，果真有几只苍蝇蠢蠢欲动了，它们在陷阱上一圈圈地盘旋着，似乎馋涎欲滴。终于，那几只嘴馋的苍蝇扑了下去，却一下子被黏在了强力贴上，它们一个劲儿地扇动翅膀，无济于事。强力贴把它们黏得死死的。苍蝇们一个个抽搐着腿，拍动着翅膀，却不能动弹。看到这样的情景，我心想：外公外婆终于又能过上太平日子了！

一个下午过去了，苍蝇果然越积越多，从三五只变成十几只，原先的几只苍蝇已经奄奄一息，“卧”在强力贴上，四脚朝天。而增加了的那几只，则还在奋力地往饼干那儿挪，看得我震惊不已。

自从强力贴放在了外婆家的厨房，苍蝇再也没有侵犯过我们。谁让苍蝇的嘴这么馋呢？

我是小小讲解员

翻开那张奖状，我就回味无穷，脑海中立刻会浮现出在博物馆里培训一周的情景。

周日会举行一个小小讲解员的成果发布会，所以每位学员都对着稿子开始背诵。他们有的摇头晃脑，有的苦思冥想，连平时调皮捣蛋的同学也开始用心准备起来。我也赶紧投入了紧张的复习中，心里暗想：《堆塑罐》这篇文章篇幅这么长，里面的词也绕得我云里雾里，我究竟什么时候才能流利地背诵？想到这些，我不禁叹了一口气。

终于迎来了星期天。我们一个个头戴小黄帽，胸前挂着导游证，身穿一件黄背心，心中熟记着导游词，严阵以待。开馆了，游客蜂拥而至，来到了三足蟾蜍边，听走走同学的介绍。只见走走一个箭步冲上前，一手拿着蟾蜍，一手端着荷叶，绘声绘色地讲解起来。他的声音奶声奶气的，一字一句镇定自若地讲解着。让他当个讲解员，我看还真是合适。

轮到我了，我站在堆塑罐边，声情并茂地开始介绍：“这件青瓷器是用于随葬的冥器，出产于宁波三国两晋时期的古墓中……”一开始，我战战兢兢，讲得吞吞吐吐的。我小心翼翼地看了看陈老师。陈老师向我投来了赞许的目光。我又找回了自信，心情渐渐平复。这时候的我仿佛徜

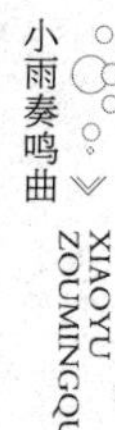

徉在悠久的历史长河中。

果然，我讲得流畅许多，游客们也纷纷朝我投来信任的目光。我的心里美滋滋的。“谢谢大家，请各位继续参观。”我的话音刚落，掌声立刻响起。我如释重负，欢天喜地地扑向妈妈。

“台上一分钟，台下十年功。”我想，讲解员的背后一定也付出了许多汗水和泪水吧！

合上奖状，笑容却还洋溢在我的脸上。

冰面之行

“求求你了，就一次，我会小心的！”“好吧。”在我的软磨硬泡之下，妈妈才勉为其难地答应了我的请求——与朋友一起去溜冰。

到了场上，我穿上冰鞋，也有些慌了，那么薄的刀片，不会碎吧？走起路来也一扭一扭的。朋友早已“噔噔噔”地跑上了溜冰场，我却还在休息室里步履维艰，好像走猫步，一跌一跌，够好笑的。

我扶着栏杆走上冰场，朋友十分专业地对我说：“先绕着场子走两圈，然后我教你步子。”此时的我像一个一年级新生似的，对老师的指令唯命是从，便乖乖走起来。我脚下的冰雪白雪白的，被我留下了长长的痕迹。这里终究还是滑冰场，底下的冰果然滑得要命，若是我跌一跤，屁股一定会滑出十米之外，不知会飞到哪儿……想到这儿，我便又像个僵尸似的慢慢踱去。

“哧——”像瓷器的摩擦声从我耳边掠过，如飞鸟一般，我一惊，差点跌下去：一个年轻的大姐姐戴着耳机，正朝我飞速滑来，继而又帅气地一转身，向另一边滑去，仅是半秒之隔，她的冰鞋却在冰面上留下了一道深深的沟壑，真是神乎其神。我更加努力地摸索起来。

我左一步，右一步，像大象一般笨拙地在冰上踱步，冰面很滑，我渐渐地借着滑力扶着栏杆向前溜去，可前面是与我年龄相仿的初学者，拦路虎似的挡住了我的去路。我只得绕道走。当我放开栏杆的一刹那，我的心突然颤抖了，随之迎来的是与冰场的第一次相拥——“砰”，我像一只北极熊一样傻傻地摔在冰面上，冰鞋上的刀刃也被叉在了冰上。“哼，我怎么学不会？”我狼狈又勇敢地爬起来，迎接下一场挑战。

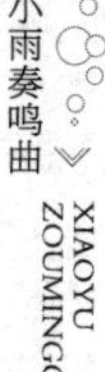

我的朋友正享受着冰雪的神奇，滑得飞快，丢下我一人独自徘徊。我只得学习别人的脚步，把目光转移到一个姐姐身上，嗯，左脚一步，右脚一步，继而再自由滑行。我也试了试：左脚迈开一大步，右脚也向前滑，再慢慢双脚合并，向前自由滑行……我成功了，那一刻，原本畏首畏尾的我突然灵光乍现，不再笨拙，不再畏惧，在冰面上自由地滑行，那又深又浅的痕迹托着我，我仿佛已经滑上云天，轻盈万分，传说中的蓬莱阁里的仙人大抵就是这种感觉了。

大家像一群自由的大雁似的，在空中肆意滑翔。此刻，我也成为这群大雁的一员，随着大部队在空中飞翔，快活极了。我真正感受到了滑冰的快乐，那是一种只可意会不可言传的快乐啊！

冰上滑行，使我乐在其中，下了场，我才顿觉酸痛之感，可那股快活劲儿早已将它冲走了。场上只留下了我的笑声……

第二乐章

闪亮的奏鸣曲

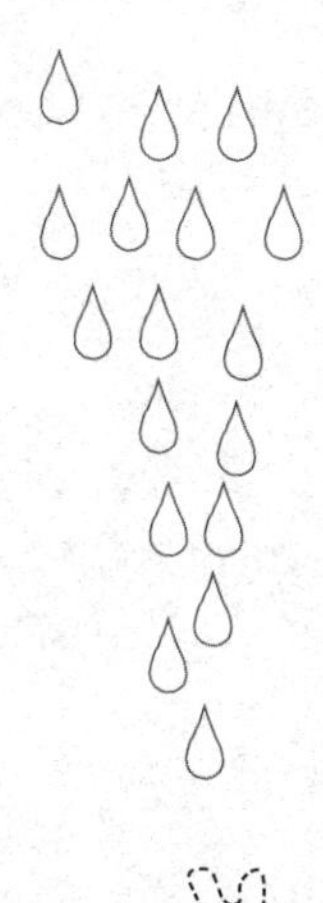

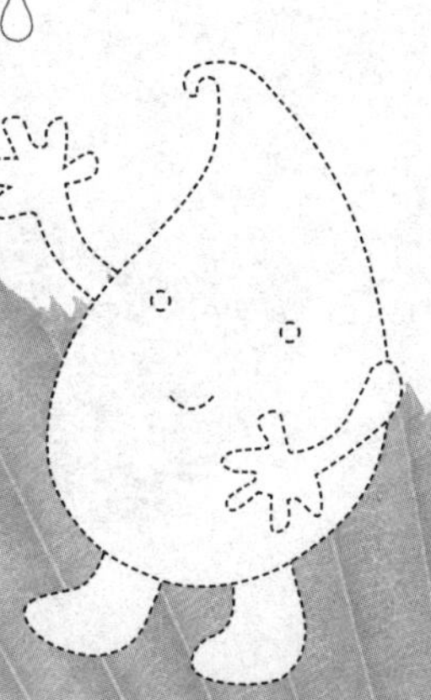

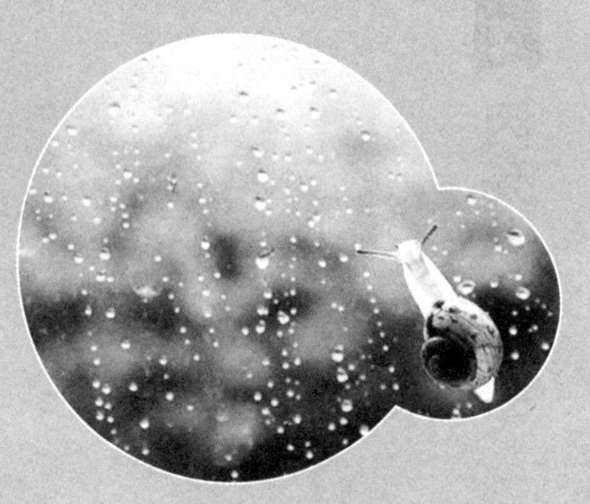

成长的回响

♫

致母亲的信

收到您的来信，看到那么长的篇幅，我很激动。看完信，我的激动化为了感动，故此回信。

时光荏苒，我已不是当年那个说“小鸭肉群”的小毛孩了，更不是那个有些娇滴滴的小公主了，匆匆12年过去，历经这12年光阴的打磨，我这块粗粝的石头也终于圆润了些。

记忆中的你，是一个从江南走来、衣袂飘飘的温婉女子，带着江南女子一种特有的娟秀，面容姣好，如一朵素雅的莲，一笑一颦处处彰显优雅的气质。炎炎夏日，每当我在小区门口等你，你都是不紧不慢地走出来，撑着细小精致的花伞，拖着一袭素裙，高跟鞋踩在地上“嘚儿嘚儿”地响，又朝我烂漫一笑。那刻，我望着你深邃的慧眼，觉得你仿佛是从民国走来的女子，撑着油纸伞，一身别致的旗袍，一股淡雅的香……

而现在的你，不再像之前那般自由了，可以说你的青春因我而逝去，你成了一位慈母，为养育我、教导我，而呕心沥血。正如张晓风所说的——每位母亲都曾是仙女，有一天，她决定做一位母亲，便下凡人间，将羽衣锁在箱子里，在某个无人的夜晚，她会惆怅地开启箱子，用忧伤的目光抚摸那些柔软的羽毛，她知道，只要羽衣一着身，她就会重新回到云端，可她把柔软的羽毛拍了又拍，仍然无声地关上箱子，藏好钥匙，是她自己锁住那昔日的羽衣的，她不能飞了，因为她已不忍飞去。

我相信你也有一件羽衣，那是你的自由和青春，你一定也是一位不识人间烟火的仙子，为了我，才来到人间，也许这也是你总穿长裙的缘故吧。

说到这儿，我想感谢你对我的养育之恩，滴水之恩当涌泉相报，可我并不能将你给予我的恩全部还清，因为那太多太多了，比天上的繁星多上万倍、亿倍。当下，我只有好好学习，让身姿挺拔起来，这才是对您最好的回报。

此刻，我心潮澎湃，一时语塞，千言万语汇成一句：我爱您！

祝

青春永驻

夏小雨

5月30日

感受“菲特”

10月6日的夜晚，一场滂沱大雨从天而降。我正在睡梦中，不知道有一场台风已经到来。第二天早晨，雨还是下个不停，我走到阳台朝外望去，真让人大吃一惊：外婆家门口的弄堂已变成了名副其实的水街，路上积满了浑浊的水，湿漉漉的空气中开始弥漫着难闻的臭味。

邻居伯伯不知从哪里搞到一条渔船，这时候可派上了大用场。我们几个小伙伴跳上船，在大水中滑行，太过瘾了。妈妈说，你们这是苦中作乐。

雨还是淅淅沥沥地下着，门口的大水已经势不可挡。夜晚，家里断电了。我和妈妈只能点着蜡烛，在黑暗中熬过这漫漫长夜。

第三天，外婆家里也进水了，水不断地在涨。这让我忐忑不安。整天待在楼上像个“活死人”。吃了睡，睡了吃，快把自己憋坏了。心想：水什么时候才能退？我怀着好奇心下楼去，啊！水已经涨到小腿的位置了。许多家用电器都要浸水了。我看见外公外婆正赶着把电冰箱移到高处，忙得焦头烂额……

我绝望地说：“我好想回自己家！”妈妈安慰我：“今天就回家！”我开心极了，没想到水已经没过了我的膝盖。这时，外公背着我，在大水中淌着，一步一步，很艰难，好不容易淌到了马路边。我们终于乘上了阿伟爸爸的大车，一路开去，水花四溅。我发现马路上好多车辆都抛锚了，好些树都东倒西歪，花儿枯萎了，小草、庄稼都淹死了……望着这一幕，我心里有一种说不出的滋味。

爸爸去潘火街道治水，连续五天五夜没有回家。他在桥洞下当起了船夫，帮居民摆渡；在交通要道马不停蹄地抽水……妈妈说，爸爸都赶上大禹了。我真为爸爸自豪！

新闻里也一直在播放“菲特”的消息，每一处受灾的地方都井然有序，每一处受灾的人民都没有惊慌，只有乐观地抢险、自救。“菲特”无情人有情，人类的力量终于战胜了这场灾难。这场突如其来的灾难，让我看到了坚强与温暖！

谁是主角

我和老爸不但习性毫不相似，而且品位也是相差甚远。

上了车，我戴上耳机，安静地听着《流星的眼泪》。正到高潮时，一阵扰乱气氛的歌声不绝于耳：“说什么皇权富贵，怕什么戒律清规。”一抖一抖的高音，听得我头脑发麻，全身起鸡皮疙瘩，直捂耳朵。

才没听几句，老爸就忍不住展露了他那销魂无比的公鸭嗓：“只愿天长地久，与我意中人儿紧相随，爱恋伊，爱恋伊……”我气愤极了，“啪”地拔掉耳机的线，把音量调到最大：“在雨中纷飞，似在玻璃破碎……”老爸却哈哈大笑，惟妙惟肖地模仿叫花子："破里破碎……"他一边大叫着，一边眉飞色舞地把他那如同用千年浓墨画上的眉头往上提。

气急败坏的我马上把歌换成了《绅士》，哈哈，看他还能不能抓住我的把柄。老爸见我换了招，也随机应变，立刻把歌换成了我最厌恶的《夜色》，胡乱地对着口形，双手像乐曲家一般地指挥着，沉浸在音乐的海洋中……

老妈听了，训斥道："你们两个就不要较劲了，要么不听歌，听了就听一首，行不行？"可我和老爸依然毫不谦让，继续播放着自己喜爱的歌曲。突然，我急中生智，连忙开始播放妈妈最喜欢的《红颜劫》，哼哼，这次，我可是东山再起了！我拿出了撒手锏，看爸爸能否招架得住！

果然，妈妈更爱听我播放的歌，而老爸则败在了我的手里。哈哈，叫你瞧不起我！

童年记忆

说到记忆，一定会具体到一些泛黄的画面。其实，记忆不止于视觉、味觉。曾几何时，多少滋味萦绕舌间，儿时的那些味道，伴随我们穿越千山万水，直至一生。

（一）

至今我还记得那根冰棍的味道。那是一种方方正正、平平整整的盐水棒冰，可是孩子们的最爱。小孩攒起一个个硬币买冰棍吃。我还记得，那冰棍是包在印着蓝白小熊猫的纸中。只要轻轻捏着薄纸，一抽，白色通透的盐水棒冰就露出了身影，洁白如玉，在夏日下，更是晶莹剔透，煞是好看。那时的小孩子很容易满足，捏着冰棍，一直舍不得吃，端详一阵，方才放到嘴边轻轻地啜，慢悠悠地抿。这一抿，原先冒着白烟的冰棍变得清澈，露出了冰晶。冰棍凉凉的，香甜中暗藏着咸涩，咸涩中蕴含着香甜。吃完冰棍，有些孩子还回味似的舔着冰棍的小棒子，不忍扔；更有甚者，把印着小熊猫的包装纸收集起来，摊平，压在重重的书里。

这种棒冰不仅小孩子们爱吃，就连年过六旬的老人家也爱吃。老人们嚼着冰棍儿，坐在石板凳上，手摇蒲扇，有说有笑地谈天，休闲自在……

如今这种冰棍在市面上已经不见了踪迹，“挥一挥衣袖，不带走一片云彩”，也许，是它太过纯朴了吧?

（二）

不知从何时起，我迷上了大白兔奶糖。看见超市里那些堆积如山的奶糖，我就口水直流。

大白兔奶糖在我们这个年代的孩子心中象征着权威、荣耀。这糖虽然好吃，可不是经常能够吃到的，大人常常煞有介事地唬小孩：这糖多吃，牙齿要烂光的。虽然孩子们经常被大人“恐吓”，可趁大人一转身，便立刻把奶糖导弹似的塞入嘴里。

拿住两边的包装纸，轻轻地往两边拉，随着包装纸和糖果的转动，糖块“哗”地显出了身影。糖块呈奶白色，有小指那么长，含在嘴里，包着糖块的是一层薄薄的“纸片”，入口即化，再含一会儿，一股牛奶味的醇香慢慢在口中弥漫开来。

吃完糖，第一件事便是将糖纸平整地摊开，收集起来。那张纸上印着好几只形态各异的大白兔，有伏着的，半蹲着的，也有笔挺立着的，嘴巴呼呼吹着气，也有拳头碰拳头，以示友好……

现在我已经不喜欢吃这种奶糖了，可它曾经带给我的美好记忆还是深深地留在我的脑海中。

文化苦旅

对于出生自“书香门第”的我，打小被母亲带到各地去游山玩水，每次去旅行，都不会错过书店。家乡的新华书店，台湾的诚品书店，南京的先锋书店……炎炎酷暑，烈日当头，我和母亲顶着伞步行来到了慕名已久的北京三联韬奋书店。

光听名字，你肯定会笑得上气不接下气，韬奋？其实，韬奋是一名记者的名字，叫邹韬奋，是他创始了韬奋书店，从民国时期开始就有了这家店的鼻祖——生活书店，后来，才把名字改为三联韬奋书店。

走进书店，我好像得到了旨意，上一秒还在店门外叽叽喳喳，一拉开门，书店里那份特殊的安静震撼了我，我立刻止语，不忍打扰这一方净土。书店的玻璃门像一道隔离门，隔开了虚无与真实，喧哗与宁静，粗俗与雅致……

在书店中环顾，人们有的低头沉思，有的左右踱步，有的低头钻研。书店很静，只有人们在走木制楼梯时发出的“嗒嗒”声，读者捧着书在长廊中向前慢慢走去，两旁的书则散发出一种迷人的墨香，在书店中四处弥漫着。

我也很快被这里的气氛渲染，纵入书海，在一个个无穷无尽的书架中摸索。我靠在书架上贪婪地汲取书中的知识，每一本书被翻开，就会散发出一种令人心旷神怡的味道，那一个个娟秀的字，整齐地排列在那里，等候人们的检阅。

书店里的书一本本地放在书架中，码在桌子上，堆在楼梯上，让我眼花缭乱。人们为了方便取书，便直接坐到楼梯上看起书来，有的眉头紧锁，似乎在担忧主人公是否还安然无恙；有的笑逐颜开，似乎被书中的幽默语言逗乐了；还有的则捧着书一动不动，若有所思，似乎领悟出了人生真谛……

没一会儿，我便腰酸背痛了，脚也变麻麻的，眼睛又酸又痛，我闭上了眼睛，使眼睛得到缓解。

这点累也是值得的，不然怎对得起“文化苦旅”这四个字？

我与古筝的故事

一年级的时候，古筝闯进了我的生活。为什么我会选择学古筝呢？因为有一次妈妈问我：“你想学古筝吗？”我草率地答应了。

于是，妈妈花重金给我买了一架古筝，是敦煌牌的，上面雕刻着晶莹剔透的玉兰花，枝上还停留着几只鸟儿，那么栩栩如生。细细一闻，古筝散发着一种独特的清香，不仔细闻是闻不到的。古筝有21根弦，最神奇的还是曾老师告诉我的：“古筝里没有fa与se，要用按手指的方法才能捕捉到它们。”

一开始弹琴的时候，我对这架古筝充满了新鲜感。哪怕是一首极短的练习曲，我也会弹得乐在其中。可是，渐渐的，我对它的兴趣也在枯燥的练习中荡然无存。于是，在练习中，我使出了“三十六计”。

第一计：撒娇计

我嘟着小嘴，手指软绵绵的，无力地耷拉着，撒娇起来："妈妈，我的手好酸啊，摇指就不练了吧？再说现在都这么晚了。"

瞧，我又在使用一贯的撒娇计了。可是，妈妈并不领情，板着脸，训斥我："才练几天你就厌烦了，我看你学不下去了！"

唉，看来此计无效，我又得绞尽脑汁想新的计谋了。

第二计：压缩计

一计不成又生一计。趁妈妈去晾衣服，我开始偷工减料，这里漏一段，那里漏一些，把一首完整的曲子变成了一块压缩饼干。"终于弹完了！"我见妈妈毫无发觉，心里暗喜。

好不容易又逮到了机会，我开始故技重演，终于被"监工"察觉了，她看得我更紧了。

但是，自从考级以后，我弹琴的态度也渐渐转变。考级那天，我紧张极了，考官安慰我："不要紧张，只要你认真弹就是了。"开始考级，优雅的音符在我指尖跳跃……"成功了！"我乐不可支地欢呼道，"我居然得了两个优！"妈妈说，这"优"不就是你平时苦练的结果吗?

现在，我只要一包上指夹，就能弹奏美妙的乐曲，甚至有些小小陶醉了。

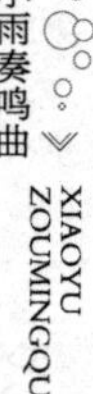

温情的小合唱

洗车一家人

我们家的汽车上沾满了厚厚的灰尘。于是，我们一家人决定给汽车洗个澡。

这洗车的工具呀，真是一应俱全：水管、洗洁精、海绵块、水桶、抹布……

我首先开始工作了，将洗洁精倒入装满清水的水桶，再把海绵浸透，就可以擦了。我奋力将手中的海绵左右擦拭，让洁白的泡沫把可恶的细菌搞得晕头转向。渐渐地，泡沫变灰白了，从车身上流下来。车子好像长了胡子似的。

在一旁观战的妈妈也开始努力了：挥舞着细长的水管往车身角角落落洒去，细小的灰尘跟着水流汩汩而下。当“冲激的溪流”从车身上流下来，在阳光的照耀下，竟形成了一道绚丽的彩虹。

而爸爸这位督工却发话了：“这里还有灰，没擦干净。”说完，他终于开始洗车，大刀阔斧的样子，拿起水管一按，一股巨大的水流冲向汽车。水花又从车上溅回来，溅了我一身。

我浑身湿淋淋的，可也不在乎了，卷起袖子继续干活。那一股股水流好似喷泉一般往天上抛，又如雨滴般扑向大地。

我们又将挡风玻璃中夹住的落叶取出来。看着刚才灰蒙蒙的汽车变得焕然一新，脸上的笑容不经意间洋溢开了。

虽然我的手都发麻了，但灿烂阳光下那一辆崭新的汽车，却让我感到无比幸福。

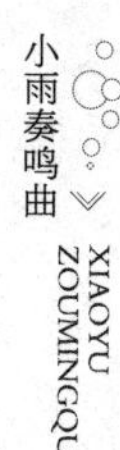

扫地机器人

为了给妈妈减轻负担，爸爸送给妈妈一样礼物——扫地机器人。

光看机器人的外观——如同一个白色的大玉盘。我好奇地把它翻个面：扫把、滚轮、旋转轮……令我眼花缭乱。一开始，我们将它充了整整12个小时的电。当我们将机器人开启时，房间里响起了一阵厚重的音乐——机器人开始工作了。它向餐桌底下奔去，所过之处变得一尘不染。“啪！”撞到了，机器人却还不顾一切地乱撞几下，随后转了个圈，继续向前行驶。它笨重的身躯穿梭在房间的各个角落，信号灯也不停地闪烁着白色的光芒。

瞧，它又朝客厅飞奔而去。它怒吼着，拼了命似的向沙发底下钻去。但是沙发下的空隙容不下它那庞大的身躯。任凭它发疯似的号叫——咔！咔！又无数次向沙发进发，但还是吃了好几次闭门羹。直到妈妈将它从里面拖出来，它才摆脱了当时的窘况。

瞧，它又向我的房间姗姗而来。它匍匐前行着，毛灰、饼干屑、头发丝……它一样也不放过，一股脑儿地将它们吞进肚子。我在一旁看得目瞪口呆。之前，我只在书本上领略过机器人的高超本领。直到今天，我一睹了它的风采，才真正见识到了它的威力。

每个上午，机器人忙着扫地，妈妈忙着拖地，一副相当合拍的样子。

一朵心直口快的野雏菊

“快点呀！你怎么走得这么慢！过来！”像是朵桀骜不驯的野雏菊似的，她爽朗极了，仿佛没有什么能够阻挠她的开朗。

“哦，来了。”我一路小跑跟在她身后，却还是远远地被甩在她的身后，“等等我嘛！”

她停下来，和我并肩同行，那瀑布似的长发这才停止摇曳。我们一起走过铺满黄叶的小径。她停下来了，拾起一片落叶，细看着细密的纹理。

这真是一片独特的叶子，它独一无二，黄得那么可爱，绿得更是耀眼，沾着露水，在日光下熠熠生辉。我羡慕地看着她，在地上的叶子中，这片可的确是最特殊的了。她见我满脸羡慕的神情，马上将准备装进背包的叶子递过来。“给你，一定还有这样的落叶。”她用修长的手指递给我美丽的叶子，一切都是那么美好。

我接过落叶，脸红着说了句“谢谢”便慢慢放进背包。

“没什么啦，小事一桩！”她像个战功赫赫的将军似的，豪迈地摆摆手，那样子满是潇洒。

她似乎也意识到了，和我笑作一团，血色的嘴张着，露出瓷器般洁白的牙，刘海随之一抖一抖。

我和她继续在路上走，绕进一个岔道，两旁开满了蒲公英。转战其他场地，我们继续跳上车，汽车驶过连绵起伏的群山，汩汩的溪流，繁茂的森林。我和她整整聊一个小时，她很爽快，说话从不拐弯抹角。我就喜欢她这种不会拖泥带水的性格。

和她在一起，我们无话不谈，聊天的内容根本不需要规划剧本，常常信手拈来，时不时就笑瘫在位子上，笑得肚子也隐隐作痛。大人们很是不解，总说我俩疯疯癫癫……

下了车，我和她漫步在大道上，绚烂的红霞把我俩的影子拉得很长很长……

爸爸的吃相

爸爸有一双铜铃般的大眼睛，一个笔挺的鼻梁下配着一张能说会道的嘴巴。别看他这么清瘦，可他的吃相往往令人哭笑不得。

“开饭啦！”爸爸欢呼道，像中了大奖似的。他飞一样地冲到餐桌前，眼睛直勾勾地盯着鱼。只见他一把抓起筷子，夹起一块鲜嫩的鱼肉，飞快地送进嘴里。他又夹起了一块鱼肉，以风卷残云之势把它吞进肚子。

“嗯，汤汁真鲜！鱼肉更鲜！”爸爸只吃荤菜，每次筷子总会停留在大鱼大肉上，对素菜一点不沾。妈妈嘲笑他：“如果你一天不沾荤腥，我看你都要绝食了！”

爸爸并不搭理妈妈，仍然我行我素，大吃特吃。他依然对油腻腻的肥肉两眼放光，口水四溢。

没过一会儿，爸爸桌前的垃圾就堆成了小山：鱼骨头、蛏子壳、鸡腿骨……各式各样，看得我目瞪口呆。我觉得老爸的吃相犹如一头猛兽在进食呢！

爸爸还对特殊制成的霉鱼情有独钟。他怕我受不了这

种难闻的味道，也就等我吃完饭才会把这条鱼摆放在桌子上。有一次，爸爸故意要气我，竟然提早把它放在桌上。

“啊，好臭！”我情不自禁地捂住鼻子。

“这是香味，你能知道些什么？”

没想到在我眼里臭气熏天的霉鱼在老爸眼里却是一道人间美味，真让人不可思议。

爸爸的吃相着实令人恐惧！

充满爱心的爸爸

大年三十的夜晚，我们一家团团圆圆地钻进被窝看《春晚》。看到大半夜，我的肚子唱起了空城计。我恳求妈妈去楼下帮我拿些吃的填饱肚子，可是妈妈当时胃痛，懒得下楼。我嘀咕着：“看样子，我要变得比一支铅笔还瘦了！”爸爸笑了笑说：“小雨，别急，爸爸帮你去拿。”说着，爸爸就立刻从床上跳下去，当时只穿着单薄的衣服。没多久，爸爸就拿着各式点心上来了。这时，一股暖流从我心中涌出来。爸爸最好！

爸爸就是这样一个有爱心的人。初三时，爸爸买了一些油和食品去看望了一位生命垂危的困难户，对他嘘寒问暖，了解了他的病情，还递上了八百元钱资助这位可怜的老人。妈妈偷偷告诉我，爸爸每年春节都会去看望他，到目前为止，一共持续了八个年头。听到这些，我对爸爸的敬意油然而生。

爸爸真是一个助人为乐的人，充满了爱心。我敬佩我的爸爸！

舞动的大爷

那位大爷大约六旬，身着褪色中山装，脸上的皱纹清晰可见。他正在跳广场舞的队伍中舞动着。

大爷一副一本正经的样子，眉头微锁着，正努力想跟上节拍，却是要么快上几拍，要么慢了，与周遭一副“格格不入”的样子。

在喜庆的音乐中，他或奇怪地耸着肩膀，头颈缩着，眼神直勾勾盯着别人的步伐，或者机械地转动身躯，手像要托住天上将要掉下来的太阳，“嗖”地一下高高举起，霎时又眉头紧锁，懊恼自己为何跟不上别人的脚步……

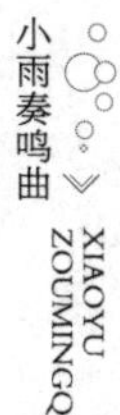

他的动作之夸张，表情之奇特，正诠释了这番话——我就是我，我是不一样的烟火。显然，大家都被这道“烟火”的绚丽给惊羡到了，三三两两地对他指指点点，评头论足。可这位神奇的大爷却心无旁骛，依旧自顾自地跳着，穿着布鞋的脚歪歪扭扭地画着八字，爱翘兰花指，若是不看他的脸，他还真够妩媚的。

真是一位谜一般的大爷。

校园版“俗世奇人”

序

在钢筋水泥的大厦之间，在一所平淡无奇的小学里，有一群并不平凡的老师。他们一个个身怀绝技，身手不凡，学校“风波四起”。“宋小”名曰“宋诏桥小学”，寓意美好，相传是宋代皇帝下诏书：只有在宁波的姑娘才能在出嫁时坐上花轿，得以“凤冠霞帔”厚待。“宋诏桥”得名并不是人人皆知，故本人想抒发下感慨，并写下“宋小”风云人物，故此撰写。

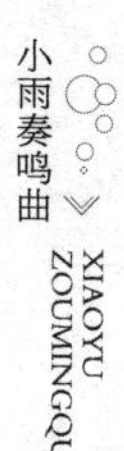

编发周

编发周，周盈军老师是也。

听这名儿，您或许认为这是一男的。可她的名字不认人，偏偏她又是一女的。是女子也，自然心灵手巧。今儿，我就来给您说说她在编发时使的巧招吧！

周老师编发时可不像课堂上那般不苟言笑的，而是与“顾客”有说有笑地聊着天，营造轻松气氛。我也体会过周老师的手艺。她编发时，我总是屏息凝神，生怕扰了她的工作。可她却轻松得很，笑眯眯地与我聊天解闷，我也就不紧张了。仅过了约莫五分钟吧，头发就编好了。她忙拍下照片给我看，天哪！这简直就是绝妙之作！一条修长的“蜈蚣”从我的发根一直延伸到脖子上。其余的头发则像黑色的瀑布“一泻千里”，如“云鬓”一般。

看着这头秀发，我不禁想到了自己编的发型，往往是一扎就完事了，像只中华田园犬那蓬松的尾巴，毛毛糙糙的，前额也有许多卷卷的碎头发突兀地显现着。因此，我的头发总是像只泰迪狗的毛。可经过周老师这手艺，我的头发可大变样了，倘若你乍一看，或许会以为这是何方来的女侠客呢！

轮到下一位“顾客”了，她端正地坐好，等待周老师的杰作诞生。周老师不慌不忙地将头发分成四股，两股大，两股小。接着，她像编麻花辫似的，把头发扎成了既朴实又华美的鱼骨辫，每一端的头发都与旁边紧紧相连，果然像鱼骨一般，结构紧密，错落有致。周老师又巧妙地不知拉了下何处，头发立刻变得蓬松，那一根根发丝如狗尾巴草的芒针露了出来，发型显得自然大方，一点也不拘束。

我想周老师一定是我们“宋小”空前绝后的“美发沙龙”，吃饭的当儿就编了七八个发型。看到一个个艺术品的诞生，大家都赞不绝口“周大师”的手艺。周老师一定觉得编发是一种乐趣、一种艺术，而不是为了得到连本带利丰厚的回报……

编织励

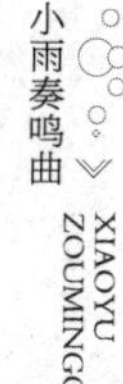

编织励，励建飞老师是也。听这名儿，您保准认为这是一爷们儿，可她偏偏是一女的，颇有些阳刚之气，干起

事来，那是雷厉风行，眼疾手快，绝不拖拉。我今儿，就给您来说说她在编织时使的神功吧！

就拿穿线这件事来说，别人大大咧咧的，光这步就得左看右看上量下量的，一会儿伸开双臂去比画，她们努力想使线儿变得乖巧些，可淘气的线儿在她们手中依旧上蹿下跳，跳到了地上，一会儿又弹簧似的不知了去向。可励老师就是有制服它的绝招——将线稳稳地握在手里，平稳地对折，再穿叉。线儿在她手里就像温驯的小羊羔，绝不会明目张胆地“不服管教”。

当别人还在完成底的时候，励老师早就绕着底开始做边了。这一格又一格的由线编成的格子，错落有致，颜色鲜艳，图案设计巧妙，不是一般人能够编织的。看着看着，我们傻眼了。没过几天，一个完美无瑕的手编包就大功告成。可励老师似乎并不满意，对待这个作品，竟然用鄙夷的眼光看待，不屑一顾的样子，还毫不吝啬地将包送给我们。我们拿到包都如获至宝。

每当我把目光放在自己编织的篮子上，总会升腾起一种愧疚感。这坑坑洼洼的格子，有的像一颗并不完整的虎牙，突兀地露在外头；有的抽了丝，尖锐得会割了手……

我是多么羡慕励老师的手艺，看到一样样精美的作品，我总会心生疑惑——根本没有瑕疵的作品，把它当成艺术品也是绰绰有余，怎么就差了？我想，励老师大概就是完美主义者吧！

这位“完美主义者”认为自己的作品平庸得很。可在我心中，它竟比完美更胜一筹，也许只有她自己才觉得这些作品不入眼。

白脸许

白脸许，名曰许一军，因皮肤白如雪而得此名。他在信息界也可以算是“哼哈二将”。听到这里，你也许会很吃惊，“二将”？其实，他是个两面派，一面冷漠，一面诙谐。

许老师，是我们的信息课老师，说到他冷漠，自然得说说他在信息课上的事儿——

每节信息课，许老师总会用骨瘦如柴的手捧着一大叠信息课本，绷着脸，面无表情地走进我们班。起初，同学们仍旧写着作业，聊着天，有的甚至还在课堂跑来跑去，打闹嬉戏着。许老师却不声不响的，表情却动得比风扫落叶还快——见到我们这副德行，不出三秒，他那刚毅的剑眉立刻拧成了疙瘩，目光如利刃般朝我们射来。看见许老师不苟言笑的样子，我们连忙乖乖坐好，连大气也不敢出。那具有杀伤力的目光果然派上了用场。

见到我们就绪了，许老师才将金口打开。他很少说话，好似“你不说话，没人把你当哑巴”是他的座右铭。他缓缓地讲解着，喉结在脖子中如毛虫一般上下蠕动。许老师的声音也是冷冷的，一字一句，像是没有感情的机器人。我有时候会想，他不愧是个信息老师，连声音都像机器人那样呆板、古怪。

固执的我总以为许老师就是如此不近人情，可当他在走廊上遇见同事时，总会灿烂一笑。也许，许老师冷冰冰的架势是为了在我们心中树立起威信吧！

王似玉

咱们班有俩“哼哈二将”，他俩在咱们班叱咤风云，咱们班的同学戏称他俩为“如花似玉”组合。他们分别是王磊磊和王国国，两个“婀娜多姿”的家伙，被同学们赐名“王如花和王似玉”。今儿，我们就来谈谈王似玉。

王似玉，名曰“王磊磊”，因“她”的言行举止像个娇滴滴的女生，同学们便口口声声叫她“似玉”，叫时声音悠远长久，表情嘻嘻哈哈，有时甚至会捧腹大笑。对了，说起“她”像个女生，当然必须得说说“她”在音乐课上干的好事——

那天的音乐课，老师让大家欣赏《小村之恋》，悠扬的乐曲刚刚响起，他似乎就按捺不住了，眼睛半闭着，双手作拉小提琴状，眉飞色舞地“拉”着。拉了一会儿，又换了个架势，双手翘起兰花指，像是唱京剧的主角，胡乱地对着口形，仿佛这首曲子是从他口中唱出来的。“快看王似玉！”任天扬朝张天辰打手势道。张天辰一看，也差点笑得岔了气，他捂着肚子，无声地笑起来。这时，音乐老师走到了“似玉”面前，瞪了一眼，似玉只好乖乖坐好。

本以为音乐老师能灭了他的威风，可音乐老师一扭头，他又原形毕露，继续坐在位子上“婀娜”地扭着屁股，双手高举，随即又假装晕倒，像个疯狂的女粉丝见到了自己梦寐以求的明星而为之倾倒。那模样，让音乐老师也忍俊

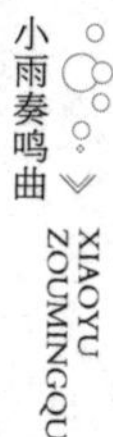

不禁。看见老师笑了，全班同学自然也放肆大笑起来，这笑声反而把他搞得害羞起来，脸由红润转变为火红，像涂了层厚厚的胭脂，活像个古代女子……

这位“小女子”平时调皮得很，下回再与大家细数他的欢乐事迹。

第三乐章

沉思的提琴

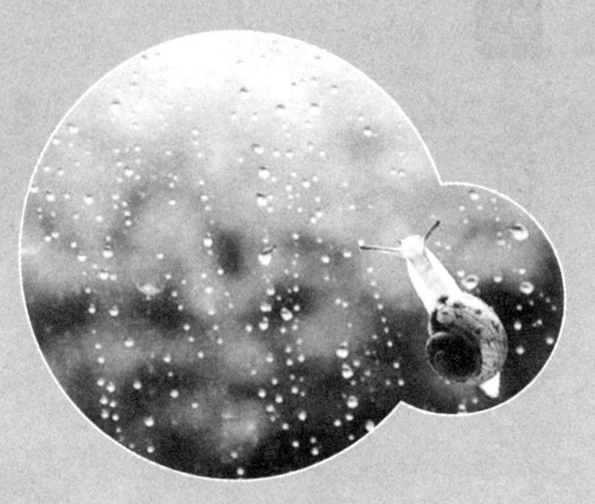

思想的小雨

♫

与书同行

我是十分喜爱看书的，倘若枕边没有书，我便会辗转反侧。书像杯安神茶，让我安于枕席。

小时候，我的书是一套套简单易懂的绘本，一本本画板大的书，常使我安静好长一阵，孙悟空、武松、林冲等英雄也算初识了。

五六岁时，我的读物则是注了拼音的故事书，比起绘本，它小而舒适，内容更为丰富。一个个故事，有时令我陷入沉思，有时令我捧腹大笑。在字里行间中，人生道理竟也渐渐悟出来了。

三四年级了，沈石溪的动物小说吸引了我的目光。捧起动物小说，我仿佛突然间成了幸运的野营者，在百米之外观看了一场狮子间的对峙与厮杀；又突然穿越到国界线外观看豺群的大迁徙……我飞越千山万水，动物间的爱恨情仇，我一览无余。

而如今，厚如砖头的历史书是我的必需品。从兵荒马乱的战国时期，到嬴政统一六国的秦朝；从风云三百年的大唐王朝，到逐渐走向没落的清朝。我乘坐时光机，目睹了这段悠久的历史。

如今这一回眸，我仿佛看见了曾经稚嫩的我在向自己招手。现在的我早不是原先那个我了，将曾经的我称作“她”也无妨，也许是书籍赐予我成长的力量吧！

我读《青铜葵花》

“青铜又大叫一声：葵——花——虽然吐字不清，但确确实实是从青铜的喉咙里发出的。当时，阳光如泻，一望无际的葵花田里，成千上万株葵花，花盘又大又圆，正齐刷刷地朝着正在空中滚动的那轮金色的天体……”我含着泪读完了这本《青铜葵花》。

这本书主要写了一个特别的机缘，七岁的城市女孩葵花和大麦地的青铜成为了兄妹相称的朋友。他们一起生活，一起长大。可十二岁那年，葵花被命运召回了她土生土长的城市。从此以后，青铜常常遥望着芦荡的尽头，遥望着妹妹葵花所在的地方……

苦难，使我们更坚强。因为苦难，青铜成了哑巴，可他并没有自暴自弃；因为苦难，葵花变得更独立；因为苦难，葵花开始发奋读书……生活中，我们也许忽视了苦难的必然性，忽视了苦难对于我们的生命价值，因而当苦难降临时，我们只能毫无风度地叫苦连天。我认为只有经历苦难，才能使我们坚强。正如罗曼·罗兰所说：“我们应当敢于正视痛苦！欢乐固然值得赞颂，痛苦又何尝不值得赞颂？”

这不禁使我想起了那件事。记得那次，我和爸爸一起去亭溪岭爬山。我们打算爬上那块刻着刚劲有力的大字的石头。爸爸让我先尝试。我用手抓住那凹凸不平的缝隙，

脚踩着那块凸起的石头，一步一步艰难地往上爬。可爬到大字边，我竟纳闷了，该怎么继续往上爬呢？我愁眉苦脸地望着爸爸。可爸爸坚定地说："自己试！"我只好艰辛地向上爬，眼看就要跌下去了。爸爸一个箭步冲上来，拉起我的手，一把将我拽了上去。到了顶上，我开始努力向下滑，一边模仿着爸爸的样子：两腿分开，屁股坐在石头上，向下慢慢地移动。渐渐地，我也能行动自如了。多亏爸爸没有一步一步帮助我，而是让我自己去面对困难，学会克服。否则，我可能现在还不知所措吧？没有尝试，我又怎么能尝到克服苦难的甜头呢？

苦难，使我们变得更坚强！没有了苦难，我们将日渐怯懦。合上书，我又想起了书中的情景，泪水又不由自主地往下流……

我读《俗世奇人》

我特别喜欢冯骥才的《俗世奇人》，这本书用一件一件的小事来诉说着天津劳动人民不可思议的手艺。天津卫本是水陆码头，书中有言："居民五方杂处，性格迥异，水咸土碱，风气强悍。近百余年来，举凡中华大灾大难，无不首当其冲，因生出各种怪异人物，既在显耀上层，更在市井民间……”

“码头上的人，不强活不成，一强就生出各样空前绝后的人物。”书中正骨医苏七块看病前必先收取七块银洋；粉刷匠刷子李干完活全身竟不粘一个白点；造假画的黄三爷以假乱真要得行家丢了饭碗……一个个响当当的人物听起来神乎其神，但的确真实存在过。

就拿泥人张来说，他是一位民间艺术家，名叫张明山，自幼随父亲从事泥塑创作，因此手艺非凡。泥人张为人捏像只需对坐谈笑，不动声色，砖泥入手，顷刻而成；瞧瞧转塑人像，形神毕肖，栩栩如生，须眉欲动。可海张五却看不惯他，还嘲笑张明山的手艺。谁知，张明山当日便做了海张五的泥人，并贴了一张“贱卖海张五”的便条。海张五看到后那是哭笑不得，只好花了高价连同模子一并买了去。泥人张的手艺可谓是货真价实，给了海张五当头一棒。

在民间，有许多像泥人张一样的手艺人。他们用自己真本事来养家糊口。这些民间艺人手艺精湛，做事一气呵成，如有神来之笔，在手间生出许多巧夺天工之物，技艺令人瞠目结舌。

这使我想起曾经在外婆家做年糕的事。两个大汉一个手持木槌，一个用手揉捏，他们俩配合默契，毫无间歇，如行云流水般。让人看了好生惊讶。虽是大冬天，可他们穿得单薄，背上早已是赤红发热，好像抹上了一层朱砂。“嘿咻，嘿咻”的喊声伴随着捶打声，此起彼伏，整齐划一，像是刚刚彩排过似的，配合得天衣无缝。

我想，这些手艺人一定是通过不懈的努力才有今天的成就吧？他们起初配合时一定也被木槌砸到过许多次，却忍着疼痛，不断地去尝试，直到他们双手红肿，擦破了皮，甚至布满老茧，才练就了这一身的技艺。别看如今的他们手艺高超娴熟，可背后不知付出了多少辛勤的汗水和常人无法体会的痛苦。

可惜，越来越多的手艺人要从世界上消失了，我真希望他们精湛的手艺能够一代代传承下去，并且发扬光大。

我读《最后一头战象》

最近我读了《最后一头战象》这个故事，心中感慨万千。它讲了1969年的一个春天，沈石溪到西双版纳的一个村子去插队，碰见了二十多年前与日寇作战的大象——嘎羧。此时，嘎羧已经五十多岁了。直到有一天，嘎羧要回到自己废弃多年的象鞍，独自上路去寻找象冢。沈石溪和波农丁悄悄地跟在后面，看到嘎羧离去前竟然还不忘报恩，对曾经救过它的那块巨石，抱了又抱，亲了又亲。最后，嘎羧又找到了埋葬着曾经与它并肩作战伙伴的白象冢，它挖了一夜土。第二天，村民们去看望它时，嘎羧已经死了，死得那样安详……

读到这里，我不禁潸然泪下。故事中，日本鬼子用黑森森的枪口对准了大象，将大象置于死地。而象群的伟大感人至深，它们为了拯救村民们的生命，用自己庞大的身躯堵住了滚滚而来的炮火。瞬间，八十多头大象轰然倒下。最后幸存的嘎羧又是那么重情重义，临死前还不忘报恩……读着，读着，我突然觉得大象也具备人一样的情感。

这不禁使我想到了曾经养过的几只小仓鼠。它们饿了，便会用一种乞求的目光盯着我；当我用一种惆怅的目光望着它们时，它们又似乎看穿了我的心思，摇身一变，变成了一只小绒球，在笼子里滚来滚去，逗我欢心；当它们厌倦了笼里的世界，它又练起了“绝壁神功”，偷逃出去……难道动物不像人类一样也有自己的喜怒哀乐吗？

我突然觉得，人类是残忍的，有时候仅仅是为了一顿美餐，就不择手段地残杀动物。我们人类应该把动物当成朋友，去善待它们，还它们一块生存的净土，与它们和平相处。

我读《蝴蝶狮》

“我发誓，就在这一刻，我真真切切地感觉到地下的颤抖，和一阵从深处传来的狮吼……”从一段深远的回忆中，我既惊讶又颇有感触，合上书，我的心情五味杂陈，波澜壮阔。

这是一段关于誓约的回忆——一段获得勋章的士兵贝迪遗孀的回忆，一个个不变的誓约穿梭全文：贝迪小时候有对小白狮“永不把你关进笼子”的诺言、马戏团老板许下将小白狮永不杀掉的诺言、贝迪许下长大后每天写信给未婚妻的诺言……一个个诺言忽明忽暗，穿插于故事中间，它们被实现或没有实现，都销声匿迹在岁月中，取而代之的是遗憾与等待……

正如作者所言：“我们总在生命里许下诸多诺言，但时光荏苒，美好不再，你的承诺实现了吗？”一个问号，多么发人深省。的确，我们总会许下数不清的诺言，多得甚至有如天上的繁星，交织在一起，可是大多数的诺言却被无情地违背，连许下对自己的诺言，也有被违背的时候，仔细回想，你是不是也曾违背对自己或者对别人的诺言呢？

不说别人，先谈谈自己吧，母亲说我是一个喜欢立志的人，却又很少兑现。这句话已经在母亲口中吐露过很多次了。“我要背会《长恨歌》！”我又信誓旦旦地立志。一个熟悉又略带讽刺意味的声音伴着碗筷的碰撞声一齐袭来：“你能做到吗？还是喜欢立志呢？”果不其然，刚开始，我的背诵兴趣很浓，叽里呱啦，没一会儿就背会了一小段，就这样只坚持了半周，我又将这个“壮志”抛之九霄云外。如今《长恨歌》只背了一半，再背后半部分，之前的诗句也快忘得差不多了，只得重背，现在想想，真是悔不当初。

弘一法师曾云：“内不欺己，外不欺人。”当我们去实现一个诺言时，也许你就为这个世界减少了一分遗憾与等待……

观《归来》

（一）

她木讷地发着呆，眼神似未洗过的葡萄般粗糙——空洞得很，眼神中是无尽的茫然。她怔住了，似曾相识的场景在脑海中浮现。接着，她似乎想起了什么，举着“陆焉识”的牌子和布袋，不顾一切地跑上楼。他仍旧弹奏着他们曾经喜爱的曲子，坐在那儿，脸颊上分明多了道泪痕。他想起了那次他们在火车站上的“最后一面”，泪水便又簌簌地落下来，满是沟壑的手也不觉得加快了速度，曲子达到了高潮。她已站在了门口，看见陆焉识的背影，积着的泪终于迸了出来。那张曾经红润的脸已经变得苍老。日光从窗外透进来，打在她的脸上，那些碎发似芒针般立着，在头上轻轻晃动。她日思夜想的丈夫，此刻终于出现在她的面前。她惊得将牌子和布袋掉在了地上。他的手放慢了速度，能清晰听见每一个音。而她慢慢向前走着，既吃惊又恐惧，日光照在玻璃上反光成了炫目的彩虹。她仍是缓缓地向前走，眼神就似没打过蜡的地板一般呆滞。她向他伸出手，抖动着，轻轻地放在他的肩上。这次，她的眼睛亮极了，不知是被日光照亮的，还是因为含了泪光……

（二）

茶壶中的水迹在沸腾，并腾起白色的烟雾。他搓了搓手，又用枯瘦的手撣去古老钢琴上的灰尘，深吸一口气，封锁的心房打开了，他按起了第一个琴键，泪水早已夺眶而出。

她怔住了，眼神比未洗涤过的葡萄还要粗糙，她的耳边又响起了熟悉的《渔光曲》，几秒后，短暂的沉默被打破了，她急切地跑上楼，像要追寻一只翻飞的蝴蝶似的。

他背对着阳光，微闭双眼，动情地摁起琴键，眼里浮现起来车站上的最后一次相见：那个雨夜，竟成了永久的诀别……他呜咽了，像个孩子，阳光已经悄悄爬上了他的眼眶，将他的热泪染成了金色。

她，不顾一切地跑上楼，碎发也被渲染成金色，在头上一根根如锋芒般抖动着，火车站离别时陆焉识的面影，在她眼前缓缓浮现。就快到了，她已踏上了最后一级楼梯。

他似乎听到了动静，更是老泪纵横，又用竹枝似的手摁动琴键，琴声婉转又凄楚，如《命运交响曲》般控诉着生命的不公，时光荏苒，她竟已不认得他，这不是生命的不公吗？

她站在了门口，望着他的背影，激动万分，泪水如水银般的在眼眶里翻滚着，他……是陆焉识吗？她一时语塞，将写着“陆焉识”的木牌与皮包掉在地上，又茫然地缓缓向前走去。

音乐突然骤变，达到了高潮，似有千万朵浪花朝岸边涌来……她走到了他面前试探性地伸出手，放在陆焉识不再宽厚的肩膀上。他的泪又一次夺眶而出，慢慢站起身来，抱住他木讷的妻子，两人痛哭。因为，那是离别几十年来他们的第一次相拥……

观《西游记》

提起家喻户晓的《西游记》，大家肯定会想起神通广大的孙悟空、虔诚信佛的唐僧、大大咧咧的猪八戒……今天，我满怀期待地观看了《西游记之大圣归来》这部令人深思而不失幽默的电影。

这部电影叙述了一个充满正义的故事：古时候，人间妖怪横行，人人惊恐，年少的江流儿为了不被山妖抓走，在山洞里避难，无意中释放了被压在五行山中的齐天大圣，并一心一意地跟着他。起初，齐天大圣很不耐烦，想尽办法甩掉他。可江流儿却用惊人的毅力彻底征服了生性顽劣的他。此时的齐天大圣也渐渐拾起了善良与怜悯之心。正义如他，面对作恶多端的山大王，大圣毫不心慈手软，最后，一举歼灭了山妖和他们的头领。人间又获得了平静……

看完这部影片，我陷入了深思。我想，人人都是有善心的，“人之初，性本善”，世界上应该没有生来刻薄的人，在冰冷的心中总会有一丝善良，也许只因为俗世的凶险而隐藏起来了。一如齐天大圣，他一开始对周遭的冷酷、无情，将自己包裹在仇恨中。他会对不谙世事的江流儿大呼小叫，随意发泄自己的不满，甚至对江流儿置之不理，任凭这个少年自生自灭。可是，人心总有最柔软的一面，他的善心最终还是被江流儿发掘了。当江流儿对大圣说“花果山的桃子在戏里有碗这么大”时，大圣本想嘲笑他一番，可看见江流儿伤心的模样，立刻对他泛起一丝怜悯之心，终于若有所思地附和道：“是啊，花果山的桃子确实有脸盆那么大……”说完，大圣因失去当年的法术而黯然神伤……我发现，每每大圣与江流儿对话，他善良的一面总会在不经意间慢慢地不着痕迹地流露出来，剥去了他最固执最冷酷的一层。

这不禁使我想起了欧·亨利写的短篇小说《最后一片藤叶》，文中的那个固执、令人憎恨的老画家，因为琼的一句话，打开了他封闭已久的善心之门。夜深了，老画家为了让那位得上肺炎的女孩重拾信心，在临街窗口的墙面上画了一片藤叶。女孩看到了藤叶，就看到了生的希望，最终竟奇迹般地活下来。而这位画家却不幸感染上了肺炎而离世……小说很短，却足以震撼人心。

剥去坚硬的外壳，人人都会呈现出善良的一面，每个人身旁，都有一圈善的光环围绕着他，永不止息……

观《泰山归来》

望着泰山和猩猩们在奇幻的丛林中飞快掠过的身影和获得解放后黑奴们兴奋的吼叫，我舒心一笑，心想：他们终于获得了自由。

19世纪，泰山已经离开刚果丛林十余年了，他与爱人简在英国伦敦生活。看似平静的城市生活对泰山来说并非自在，他的心头不时会有窒息感袭来。穿着考究的礼服，住在豪宅，却找不到家的气息。

一次，他以议会贸易大使身份重回刚果，但这次派遣其实是比利时商人里昂的阴谋。泰山和简以及泰山的朋友们都陷入了危机。但是丛林是泰山的天下，他重新飞檐走壁，拯救爱人和朋友们，可怜的黑奴也获得了解救，而贪婪的里昂最终也得到了应有的报应。

我想，泰山在宫殿中的生活一定是非常拘束的。也许皇家贵族们会十分不解，在宫殿里不是好好的，过着衣食无忧的生活，仆人对你事无巨细，为何泰山要去变幻莫测、危机四伏的丛林中去呢？可在泰山眼中，丛林远比宫殿要好上千万倍。他习惯了在丛林中的惊险生活，不适应仆人对他的服服帖帖和唯唯诺诺。在泰山眼中，自由比什么都重要。皇室的大门紧闭着，也束缚着他们的自由。黑奴们也是一样，他们虽然拥有像泰山一样健康的体魄，但是却能被比他们瘦弱几倍的纸老虎所驾驭。只要贪心的“大虫”一声令下，就能把一车一车的黑奴运走，从而换来一箱一箱的宝石。卑微的黑奴却无能为力，只能把怨恨默默地藏在心中。而那些不知廉耻的贪婪者却只需惬意地坐在皮沙发上抽着雪茄，坐等金钱，真是无耻至极。

说到这里，我想起了毕淑敏写的《非洲三万里》中无助的黑奴们。他们个个身强力壮，面对买卖，他们却像地位卑微的牲口那样，为贵族们做牛做马，而贩卖黑奴的商人们却可以眉飞色舞地数着厚厚的钞票，跷着二郎腿，坐等金钱上门。

黑奴们内心深处的吼叫，传到了世界各地，一直传到了我的内心深处……

万物有灵

♫

我爱猫

我不喜欢猫。

我初见猫，是在黑夜。那阴森中，几双眼睛幽幽的，镍币般大小，诡异地睁着，有如黑暗中划破长空的闪电，质问你，待你走近，便跑了。在暗夜中只剩下模糊的背影。

从此，猫在我心目中，是诡异、冷漠的存在。想起猫，便瑟瑟发抖，那双眼睛时刻盘踞在我的脑海里，有如藤蔓一般，开花结果，枝上结满了令我恐惧的硕果，扎手得很。

元旦。我们拎着大包小包前往奶奶家，挂满春联的大门后，传来两三声娇嗔。我推门而入，两三只花猫慵懒地卧在阳光下，而最大的那只，还慵散地赖在那儿，打着哈欠。阳光温柔地照在它们身上，猫儿们好生惬意。

我煞有介事地避开它们，到餐桌上坐好，竟想起了那个夜晚。猫儿们竟爬起来，跑到我面前撒起娇来。尾巴灵活得像条蛇，在我膝间活跃，眼睛也在阳光下闪亮得如同注了水一般。摸摸那修长的身体，皮毛竟是油一般地滑……它竟也顺从地卧在那儿了。

明亮的不再诡异的眼睛，突然是那么可爱，一切不愉快、忌讳陡然消逝。我抱起它，它也乖乖地趴在我怀里，慵懒至极。

阳光下，爬山虎摇曳在风中，猫儿们追着毛线团玩耍，一切安逸美好。

我爱猫，再无顾虑。

猫的抗战史

猫，向来是一种温驯的动物，很少被人发掘它们不乖巧的一面，可是今天，我却旁观了一场猫们激烈的血战。

我走在小区的小径中，惬意地欣赏着满眼的绿意。忽然，一阵白色的旋风“哗”地在草坪上掠过。接着，便是一阵撕咬的声音，含糊不清，杂乱极了，原来是两只猫在打斗。

它们两个像一阵龙卷风，从草坪的一头扫到另一头，奇怪的叫唤声不绝于耳。一会儿，两只猫停了下来，慢慢地兜着圈子，两束仇恨的目光直让我脊背发凉，那眼神燃烧着复仇的火焰，似乎下一秒就能将对方撕得粉碎。

没转几圈，其中一只猫便迫不及待地扑上去，两只猫又拧在了一块儿，露出闪着银光的、锋利的牙齿，那牙齿似乎急不可耐地想给对方捅出一个血窟窿。那指甲从爪鞘里飞也似的亮了相，开始将指尖如宝石般嵌进对方的肉里，流出鲜红的血。两只猫并没有大叫，而是用冰冷的目光似匕首般刺进各自的心……

我看得胆战心惊，连忙上了楼。而那两只猫，却还在无声无息的打斗中较量……

小狗嘟嘟病了

嘟嘟是外婆家的一条小狗。它全身黄黑相间，毛绒绒的，蜷缩起来像个大绒球。每个周末，我都会来到乡下，与它玩耍。它带给我无穷的乐趣。这次去外婆家，原本活泼可爱的它显得快快的，原来它生病了。

记得前几周，它还欢快地在油菜地里追蝴蝶，在院子里撕扯我的毛绒小鸭……现在它却整天懒洋洋地趴在院子里打瞌睡，一副“此树是我栽，此路是我开”的架势：“院子是我的，谁都不许霸占！”

外公说：“嘟嘟病得不轻，连最喜欢的牛肉放在它碗里它都懒得去碰一下。”我很好奇，想去试探它：用一块香喷喷的牛肉去引诱趴在院子里晒太阳的嘟嘟，果然不出所料，它连看都不看一眼，回头便走开了。

于是，外公就带着小狗去看兽医。在宠物医院，兽医给嘟嘟配了消炎针。回家后，爸爸充当了兽医的角色，毅然承担了给嘟嘟打针的重任。当爸爸将细细的针尖刺进嘟嘟喉咙时，我想一定很疼痛吧？可它居然懒到这种程度——

它懒得哭，打完针，又是头也不回地无精打采走开了。

生病的这几天，嘟嘟的动作也变得越来越缓慢。有一次，爸爸要出去办事，嘟嘟卧在车底下耷拉着脑袋睡午觉。要是以前，它一听到汽车发动的声响肯定会警觉地离开危险之地。这次，我在一边急得直跺脚：“唉，嘟嘟，我等得黄花菜都快凉了呀！”过了很久，它才慢悠悠地从车底下“散步”出来。

今天，外公打来电话说，嘟嘟终于康复了，还像以前那样神气活现。听到这个好消息，我是有多兴奋啊！嘴角不自觉地上扬……

小狗多多

今天，我第一次来到嬷嬷家，想来见见传说中的“神狗”——多多。一开门，多多就冲着我和佳宁汪汪直叫。我们吓得躲到了一边。可嬷嬷却说：“它这样是代表亲热呀！”我们听了，便松了口气，欢欢喜喜地进了门。

细看多多，它全身黑乎乎的，长满了卷毛；水汪汪的大眼睛里好像噙满了泪水，亮晶晶的；它长着四条短短的

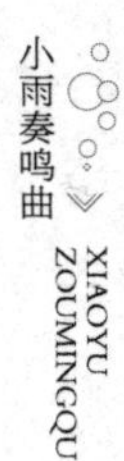

腿，活像一个“矮冬瓜”；它的尾巴只比兔子尾巴长了一截，非常可爱。

听嬷嬷说，多多特别喜欢吃蛋黄。于是，我们便投其所好，剥了个蛋，留出蛋黄，将它放进多多的饭盆里。你看，它先把蛋黄嚼碎，就懒洋洋地躺在地上，悠闲自得地享受起美味来。

嬷嬷家有个天蓝色的小球是专门供多多玩耍的。我把那小球扔向房间，它就像箭一样地冲过去，身子一跃，就接到了那只小球，真是令我刮目相看的运动健将。

来了半天，我觉得多多非常喜欢我。我走到东，它就跟到东；我试着走到西，它也往西走。它还经常用四肢抱住我的腿，来搔痒。它似乎特别钟情于我，在我小腿肚蹭呀蹭，简直与我形影不离，连佳宁都嫉妒了呢！

最后——你相信吗？多多喜欢的食物还有胡萝卜呢！别忘了，它可是只普通的小狗哦！

狗狗来了

邻居家的小狗经常来外婆家串门。我们也常给它留着

“美味佳肴”，小狗便与我们家熟识了。妈妈打趣道：“酒香不怕巷子深，肉香不怕狗不知。”最近几天，小狗索性理直气壮地赖在外婆家不走了，于是它便理所当然地成为了家中一员。

每当我回到外婆家，一听到汽车的引擎声，小狗便凑上来，上蹿下跳的，不停地摇着蓬松的大尾巴。我抱住它，它直往我怀里扑，“唔唔”地低鸣着，想表达心中无尽的思念。

吃晚饭了，我们一家人围着圆桌，吃得正欢。突然，脚底一阵搔痒，低头望去，小狗正用尾巴拍打着我，圆滚滚的眼珠里尽是渴望的神色。一定是这贪吃鬼又来讨骨头了。我立即夹起一块肉骨头，缓缓地递到它嘴边。它一见，眼睛大放光彩，忙叼起肉，衔回窝里，准备饱餐一顿。

也许是香气腾腾的饭菜吸引了它吧！每当这时，我也早早地准备好它喜欢的肉骨头，让它享用。就这样，我们结下了深厚的友谊。

最近，它的肚子鼓鼓的，像塞了个肉球，动作变得迟缓，没有先前的灵活了，还经常躲在阳光下睡大觉，食量也大得惊人。果不其然，听外公说，小狗要当妈妈了。今天中午，外公特意为它准备了一顿丰盛的午餐——肉骨头拌饭。它吃得狼吞虎咽，十分钟，二十分钟，它还围在餐盆前，补充着营养。口渴的当儿，它懒散地走到水槽前，埋头痛饮一口水。如今的它，有了强烈的保护欲望，门外一点轻微的响动，哪怕一声狗吠，它也能应和半天，狂叫不止。然后，迈开步子，急切冲上去，想与另一只狗一决雌雄，仿佛全世界都辜负了它似的。听说当了母亲的狗都是如此富有战斗力。你若惊扰了它的孩子，它定不饶你，朝你汪汪乱吠。即便对我，也是如此。

再过几天，小狗们要出生了，我真心希望你们母子平安！

我家的小仓鼠

有一次，妈妈和我一起去一家服装店。我看见他们那里养了两只小仓鼠。这两只小仓鼠在小屋里玩转球，那雪球般的身材十分逗人喜爱。于是，我就央求妈妈给我也买上几只。妈妈欣然同意了。

小仓鼠的眼睛圆溜溜的，十分狡黠，似乎能洞察一切。

八根胡须一翘一翘的，一副老气横秋的样子，却也不失可爱，你瞧，它的身体毛绒绒的，黑色的背上还有一条花纹，身后拖着一条长长的尾巴，娇小玲珑。

故事一：练绝壁神功

小仓鼠每天好奇地望着外面的世界，心中充满了憧憬与向往。终于，它们的爪子变得痒痒的，想要逃出笼子去寻找自由。于是，不甘寂寞的它们开始练起了“绝壁神功”。它们把爪子抬起来，不停地去顶上面的盖子，就这样反反复复地练习着，弄得筋疲力尽。但它们就是停不下来，继续练习。一只仓鼠累了，不想练了，就趴下来，还一下子把另一只仓鼠拉下来……就这样，它们马不停蹄地练着闹着，功夫不负有心人——看样子“绝壁神功”终于修炼而成。

故事二：逃出“监狱”

功夫练成后，趁我们不注意，它们双脚一蹬，翻了个跟头，跳出了“监狱”。以至于，等我晚上例行来看小仓鼠时，它们竟然没了影儿。

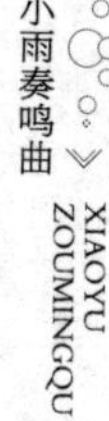

“啊，小仓鼠不见了！”妈妈大惊失色，慌张地向四周寻找起来。妈妈来到阳台，抖抖里面的木屑，却还是“空无一鼠”。妈妈吓得慌了神，面如土色。

突然，我发现了一个小黑影，立刻取来手电筒，往那儿照去，那个黑影竟是小仓鼠。它见我们发现了它，于是就开始绕着整个阳台跑起了“马拉松”。妈妈为了堵住它的出路，用拖把将路堵上了。就这样，小仓鼠绕着阳台一共跑了二十多圈，竟还不知疲倦，体内似乎蕴藏了无穷的力量。妈妈对此束手无策，只好搬来救兵爸爸，爸爸不费吹灰之力，一下子用手捂住了一只小仓鼠。

另一只仓鼠下落不明了。无意间，我退到鞋柜旁，看到了躲在高跟鞋里的仓鼠，又惊又喜，护送它回了家。

日子一天天过去了，爸爸说：“既然不想待在这儿，就把它们放回它们向往的自然中去吧！”我虽然十分不舍，但我依然让他们回到了自然中，享受不被囚禁的时光。

金金和花花

我家养了两条小鱼。一条是金金，另一条是花花。它们只有我的无名指那么长，扇形的尾巴，薄如蝉翼，好似水袖一般飘逸自如；眼神一副呆滞的样子，虽不如龟眼的灵活，倒也有几分思想者的气质。

有一次，我来给它们喂食。它们耷拉着脑袋，懒洋洋地趴在“玻璃窗”上，可怜巴巴地望着我。我向鱼缸撒了一些鱼食，它们顿时活跃起来，争先恐后地蹿上来，谁也不让谁，把美味的鱼食吞进了肚子，心满意足地游开去。

那天晚上，我起身上厕所，突然想到：金金和花花有没有睡着呢？于是，我打开电灯，只见小鱼在水中漂浮着，任水波荡漾，像是死了一般，眼睛却睁得溜圆。后来，爸爸告诉我，鱼儿没法闭上眼睑。你们说，它们像不像在梦游呢？

又有一次，我给它们换水。我用调羹捞，它们在里面惊恐地“飞来飞去”，上蹿下跳，尾巴伶俐地飞速摆动。我捞了半天，终于捞起了一条动作不大灵活的金金，放进我早已准备好的水杯。它松了口气，又飞快地游动起来。现在轮到花花了，它居然在鱼缸里“大闹天宫”。我只好采用残忍的办法，挽起袖子，把手伸进水里，捞了好一会儿。“孙悟空”终究没有逃出我“如来佛祖”的手掌心。

哈哈！捉到啦！我把它放进水杯，把鱼缸里混浊的水倒了，换上干净的水，又在鱼缸里放了几根水草装饰它们的家。金金和花花又可以在洁净的环境中玩耍了。

小鱼在我家快有一年了，我们倒生出了几分情谊来。每当我拍拍玻璃壁，它们准会蹿上来接受我的鱼食，并满意地摆摆尾巴，在鱼缸中快活地你追我赶。

用文字温一杯牛奶

父亲

他的头上包着一块富有年代感的方巾，额头上布满了挨挨挤挤的皱纹，那一条条沟壑般的皱纹中是满满的沧桑感。脸上的皱纹像是一个被腐蚀的苹果纹路，让人看了，心如刀绞，并为之震撼。

只有那位老父亲的鼻梁是富有光泽，然而他的鼻梁则像一架天平，称出了两只深陷在眼眶中眼睛的重量，刚好是平衡的。这位父亲的嘴巴只剩下一颗孤独的牙齿，独自

"耸立"在凛冽的寒风中。有了那一颗仅有的牙齿，他的嘴巴更像一个黑洞，你永远都无法看到它的尽头。最让人头痛的是，还是那双手，右手上不知为何绑上了一层薄薄的绷带，双手端着粗瓷大碗，碗中盛放着简单的菜汤。看着他苍老的双手，这一切仿佛都活了起来：老人用双手端起瓷碗，颤颤巍巍地端到嘴边，一口一口慢慢地喝着，青筋暴起的颈部中的喉结上下蠕动着……他的指甲中，因为常年的劳动，布满着污垢，指甲盖上有层淡淡的殷红。此刻，望着这幅栩栩如生的画，我仿佛看到了那位老人正在画的那一边微笑……

洗蔬菜

我走进厨房，看到桌上摆着许多蔬菜。我犯傻了，妈妈竟叫年仅六岁的我洗菜？我一时无所适从，正郁郁徘徊时，灵机一动：妈妈常将衣服全部放进洗衣机里的呀！我真聪明！于是，我拎起一包菜，就塞进洗衣机。我一摁开关，不久就听见"轰轰"的响声，这下放心了，心想：自己太聪明了。

知己

秋风乍起，原本的绿叶已变黄，或堆积在地上，或在秋风的推搡下开始征程，一片萧瑟。

月光如流水般倾泻下来，海面上波涛起伏，每一朵浪花都因月光而闪耀。一位英俊的先生正独自彷徨着，他似乎很忧伤——在他的音乐会中，名门望族来得不少，却都是为了让别人知道他的显赫地位，没有多少人真正在意他的音乐。这位身穿西服、风流倜傥的先生正是贝多芬。

正在贝多芬郁郁徘徊时，断断续续的钢琴声从茅屋里传了出来，不细听难以分辨。这阵琴音把贝多芬的思绪打断了。他侧耳倾听，从茅屋里传来的钢琴声，正是他的曲子。

牛肉汤

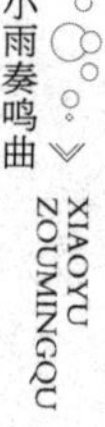

切成片的牛肉熬上半天，加入细盐调味，轻撒上葱花，牛肉汤在沸腾的雾气中，诞生了。

在寒冷的冬夜喝上几口热酒，无疑是一种享受。可对我而言，喝上一碗热腾腾的牛肉汤，便是生活中的一大乐事了。

用调羹在漂浮着葱花的牛肉汤中搅拌几下，底下堆积如山的牛肉便似雪一般在汤中飞舞，夹起一块牛肉，它似乎还在轻轻摇晃着，像贵妃头上金簪的翠帘般，随舞步轻摇。

肉片是淡褐色的，散发着诱人的香，薄薄的。送入口中，那特有的味道便挑动你的味觉，加快你咀嚼的速度。纤维丝丝纠缠，充斥着嚼劲儿。我舍不得下咽，咽下时，顿时鲜美万分。

而肉汤则更为鲜美，舀起一调羹的肉汤，不顾烫，飞快送入嘴中，舌头麻得快掉下来了，可汤鲜得让人不忍下咽。就算下咽，那股味儿也会时时萦绕于心。

多美味的牛肉汤，真是爱死了这一味。

缅怀

天边的一抹红霞像是为浅色的蓝天添上绝妙的一笔，

红日也越落越低，似一幅有声有色的水粉画，壮丽而唯美。

女孩背着沉重的书包出了校门，抬头望见这秀丽景色，轻轻嘟囔句："真美。"又向家走去，一蹦一跳的，很是活跃。

快到了，邻居家院子里的门敞开着，女孩望了一眼，原来是阿姨在教孩子走路。

矮小的妹妹在邻居阿姨的搀扶下，勇敢地迈出了第一步，然而，因为重心不稳，刚迈出第一步便要倒了。阿姨连忙扶住，接着妹妹又迈出了第二步，明亮的双眸望着夕阳，一只肥短的手向它伸着，似要捉住它。

女孩怔住了。她不知为何竟有点感动了，双眼凝视着，突然变得木讷，似在缅怀过去的美好时光……

一抹新绿

挎着沉重的背包走过街巷，一抹新绿直逼我的眼中，是新修剪的树丛。那绿，是属于春的绿，嫩绿？不，不够新；碧绿？不够柔；那是新绿，新沁出芽的绿，它与未修剪过的树丛形成鲜明的对比，在初阳下熠熠生辉。刹那间，

我很幸福，为这眼前的一切感到幸福，心“咯噔”一跳，怔住了，它是那么弱小，又似乎是那么强大，在严寒中傲然挺立，从未畏惧过。我肩上的书包突然轻了许多，因那小草，因那暖流……

宁波老话的趣闻逸事

“石骨铁硬”宁波老话是宁波人的传统方言，是宁波这座古城的“招牌”，也是祖先留给我们的“非物质文化遗产”。

宁波老话有着浓浓的趣味性，喜欢运用叠词来营造语境。譬如“跳跃”用宁波老话说就是“毕毕跳跳”；笑就笑吧，宁波老话却说“格格笑笑”；飞就飞吧，宁波老话却说“嘟嘟飞飞”，什么“酸汪汪”“怕势势”“急绷绷”……用上这些叠词，宁波老话听起来是不是生动活泼，俏皮有趣呢？

可是，宁波老话在发生谐音时会闹出很多令人忍俊不禁的笑话来。

一天，正在做“垂死挣扎”状的我们终于在树叶的缝隙间隐隐约约地发现了几个字——西开教堂。眼疾手快的陈涵远用宁波老话飞快地说：“死开教堂到嘞。”我们一愣，随即便捧腹大笑，直笑到肚子隐隐作痛才肯罢休。

而房产楼盘“芙蓉盛世”则更加有趣了，用宁波老话读起来不就是“芙蓉寻死”吗？一个听起来如此雍容华贵的名字，用宁波老话讲就变得不吉利，人人都会敬而远之这个楼盘。可不是？“芙蓉寻死”不着边际，大有污蔑其风采之意。

“南开大学”是国内一座赫赫有名的高等学府。可一用上宁波老话，“南开大学”就变成了“难看大学”，变成了又一次的随意践踏。

虽然宁波老话会闹出很多啼笑皆非的笑话来，但是我却深深地爱着它。

吃晚饭后，爸爸咳嗽得厉害，便对妈妈说：“帮我泡一杯清开灵吧？”

“为什么不自己泡？”妈妈问。

“你泡的比较好喝嘛！”爸爸孩子气地说。

听到爸爸妈妈的对话，我不禁哑然失笑，突然冒出一句宁波老话来：“花头贼嘎透啦！”

外婆和妈妈听了笑得合不拢嘴来……

作为小学生，我们平时在学校里使用规范的普通话。在生活中，我们和爸爸妈妈的交流也几乎使用普通话，宁波老话在我们这一代慢慢要失传了。但是，宁波老话却能传递着浓浓的乡情。身为地地道道的宁波人，这种非物质文化遗产，我们还是要好好传承。

我的词样童年

说出来你可能不信，我最早接触的，不是脍炙人口的唐诗，也不是家喻户晓的元曲，而是明婉清丽的宋词。我第一次接触的词人，不是“人比黄花瘦”的李清照，不是“人间惆怅客”的纳兰容若，而是“把酒问青天”的苏东坡。

“明月几时有？把酒问青天。不知天上宫阙，今夕是何年。”曾几何时，当一轮圆月出于东山之上，徘徊于斗牛之间，白露横江，水光接天，母亲便在中秋时节让尚为小小的我吟诵。不出几分钟，那小小的人儿便用肥肥的短短的手指指着天边那娇娇的圆月，吟起：“明月几时有，把酒问青天……”一旁的母亲竟乐得大笑，殊不知，小人儿这一吟，竟叩开了诗歌的大门。

“莺莺燕燕春春，花花柳柳真真。事事风风韵韵，娇娇嫩嫩，停停当当人人。”多年以后，我念经似的吟诵起了《天净沙·即事》，一组组的叠字对我来说新奇有趣，便叽叽喳喳念了几遍就背出了。不料母亲问起，“真真”指什么？为何说“停停当当人人”？一下子把我给难住了。我背诗时，常常只喜欢吟诵，何曾瞥过一眼注释？何曾想过诗中之意？我知错了，急忙看注释，眼前立刻出现了绝代佳人在花柳间嬉戏的模样。春色正浓，佳人俏丽又兴味十足。此时，诗词又平添了更动人的场景。从那以后，我开始认真读诗，不再读个大概了。

此后，我背诵的诗词大都是山水词，理解了大意，我仿佛游于山水之间，不觉心旷神怡。苍翠的松柏高耸入云，清澈的溪水淙淙流淌，“青山绿水，百草红叶黄花”“空山新雨后，天气晚来秋”“绿竹含新粉，红莲落故衣”……一本本厚重的古诗书，带着我领略枫桥的钟声，大漠的孤烟。只坐在书桌旁，我竟游遍了大半个中国，心情不觉明朗。

“人生若只如初见，何事秋风悲画扇。”《木兰花·拟古决绝词柬友》是我背诵的第一首伤感的词。初次读到，我伤感了很久，眼前仿佛出现了凄风苦雨的意境，女子正拂去满衣清泪的场景，顿觉悲凉、凄楚……

就这样，我在诗词中游山玩水，感叹人生的起伏与美好……

一幅刺绣

一位躺在床上一病不起的母亲睁开了眼睛，她的儿子正坐在她的身旁泣不成声。

看到妈妈醒了，儿子激动不已。“妈妈，你终于醒了！”那个母亲看了看自己的儿子，伸出粗糙的双手，抹去儿子脸上的泪痕。

“傻孩子，干嘛哭呢！不要担心我，看，你自己都那么瘦了……”儿子平息没多久的泪珠又从眼眶里涌了出来。他太担心自己的母亲了。

“妈妈！”儿子抽噎着，“我不去上学了，明天我就去赚钱，给您看病！”

母亲变得严肃起来：“你一定要继续读书，将来考上大学，成为村里有出息的人，不能成为睁眼瞎，得让城里人看得起我们农村人！”

她的话很轻，分量却很重，一字一句砸在儿子的心头。

“可是……”

“别说了，我一定要卖掉刺绣攒钱供你上完大学！”母亲一边说，一边颤颤巍巍地拿起床边的刺绣活干起来。看到此情此景，儿子的劝说也很无力，只得连连点头。

夜幕降临了，儿子和母亲都入睡了……

第二天清晨，儿子起身走到床边，想把母亲唤醒，可那个平时严厉慈祥的母亲，却永远地熟睡了，她的手里紧紧地攥着那幅巨大、壮美的刺绣。失去母亲，儿子痛不欲生——母亲为了他的学业，为了他将来的幸福生活，付出了自己的一切。那幅巨大又壮美的山水刺绣图，一定是母亲连夜赶制的。

儿子将刺绣卖了，维持了学业。

当初那个他，如今已经成为一名优秀的大学教师，享有很高的声誉。每当学生问起他为何会有如此高的成就时，他总会说：“是母亲的力量，诠释了我一生。”

永远的苏珊

一缕阳光洒在那束象征纯洁的百合花上，“非洲之傲”又开始行驶了，车上彬彬有礼的绅士，端庄的妇人都坐在餐桌旁，手握刀叉，优雅地切割着带血的牛排。

每隔五年，这扇车窗，总会隔开贫穷与奢侈，愚昧与文明。苏珊又从他们村里的公告上得知了“非洲之傲”将经过他们的村庄。每过两分钟，她总会情不自禁地把头伸到窗户外，看看火车是否到来。

苏珊总爱看“非洲之傲”上的各种事情，她有数不清的问题想问车上的人们，为何你们的裙子这么长？为何你们爱喝味道古怪的汽水？……每当火车急匆匆地向这片荒芜的土地道别，苏珊总会一直望着那辆极其奢华的火车，冒着灰蒙蒙的烟，直到消失在她目光之中……

苏珊眼巴巴地望着门前的轨道，正在独自发呆时，那辆她梦寐以求的火车终于驶过这块贫瘠的土地。苏珊用尽力气踮着脚，睁大眼睛望着火车里的另一个世界。它是陌生的、遥不可及的。火车很长，像一条巨大的龙。苏珊不管车上那些先生、贵妇厌恶的神情，继续瞻仰着火车内的世界。直到那些先生贵妇们将窗帘一把拉起，苏珊只能遥望着远去的火车，听着刺耳的汽鸣声。

“我一辈子也无法踏上它的。”苏珊自言自语道。

时光流逝，物是人非。转眼间，五年又匆匆离去了。如今的苏珊，已经出落成了一个亭亭玉立的大姑娘了，她不再去顾及那辆奢华的火车——“非洲之傲”。

一天，阳光明媚，如碎金洒满大地。苏珊照例走上轨道去河边洗衣。死神就是如此的不公，阴差阳错地把苏珊排进了要去攻击的对象。

“呜——“火车响起了汽笛，苏珊怔住了，她的第一反应便是：跑！可死神丝毫没有同情她的意思，火车飞快地撞了上去。苏珊，这个正处在大好时光的妙龄少女，就倒下来，再也没有醒来，殷红的血布满了全身，她变成了一具不再温热而是冰冷的尸体，那双蔚蓝的眼睛从此就只能遥望那湛蓝的天空……

婺源油菜花

婺源的油菜花是争先恐后的，挨挨挤挤地占满了一整块田地，几棵树似乎是从这片金黄的大地中破土而出的。油菜花是金灿灿的，如光芒洒向大地，一朵朵小小的、并不耀眼的花儿，竟能拼凑在一起，汇成花的海洋。这些花儿，似乎想霸道地将那白墙黛瓦的位置一并占了去。她们的霸道是可爱的，常有蜜蜂在花丛中嗡嗡地飞着，品尝甜美的花蜜。的确，这片田地足以让蜜蜂们大饱口福了。一阵风拂过，花海荡起了涟漪，也将那股无比自然的味道弥漫开来。总有些娇贵的花儿，心疼自己的花瓣落入泥土。自然还有并不娇气的花儿，依然在一阵风后挺立着。远处，迷离的山峦，棕红的树林，更添了份意境……

我爱春天的田野

我最爱春天的田野，色彩丰富，黄绿蓝各色交替——灿黄的迎春花赶集似的，你一朵，我一朵，似乎谁都想把别人挤下去；紫白相间的豆荚花顺竹藤攀援而上，不细看还以为是在叶片上小憩的花蝴蝶，仿佛下一秒便会振翅而飞；成片的稻田绿如翡翠，在春风的抚摸下变成了绿色的海浪，正起伏着。

我最喜欢春天的田野，热热闹闹，各种音乐交织：蜜蜂扇动着翅膀忙着采蜜，唱着“嗡嗡嗡”的劳动号子，很是忙碌。风吹过树叶后的沙沙声和蜜蜂的劳动号子遥相呼应；倘若你细听，或许还能听见蚂蚁们搬运一颗浆果的喘息与欢呼；麻雀叽叽喳喳叫着，在春天的暖阳与和风中自由飞翔。

我最喜欢春天的田野，蓬蓬勃勃，各种生命生长：油菜花闪着金黄的光泽，那是一种诱人的、绝不亚于黄金的光泽，它在土地上迅速生长着，仅一个星期，绿油油的一垄田会立刻变成花海，油菜花的美在于贪婪，只要还有一寸土地空着，就成了它的战利品，那金黄的花穗仿佛是它的勋章；不知名的小花在初阳下绽放，第一天的花骨朵儿还收得紧紧的，第二天就马上怒放开来；白玉兰更是倔强，不屑于绿叶的衬托与帮助，一夜之间欣然绽放，如白雪般冰清玉洁，傲然挺立于枝头。多美的田野，多美的春天……

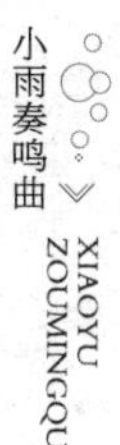

别

阳光慵懒地洒在山野上，如碎金般洒了一地，这样的午后，父女俩出发了。

驶上高低起伏的山丘，驶过松柏排列的小道，两辆一大一小的自行车一前一后，女儿在前头飞快地骑，而父亲则在身后默默地守护。

到了，就快到了，父女俩在一面山坡上停下，山坡下，是一望无际的江面。该分别了，父亲将女儿抱下自行车，似乎是怕泪水夺眶而出，坚定地头也不回地走了。

女儿不舍，蹒跚跑过去，一把拦住父亲，肥嘟嘟的脸庞上尽是离别的泪痕，似闪电般划破长空。父亲慈爱地抱了抱女儿，咬紧牙关，不让自己流泪，又硬下心来，向着山坡下走去。走到一半，他似乎是想起了什么，呆呆凝望着那座小舟，继而又跑上山丘，将小小的女儿搂在怀里，眼泪总算是流了下来。他们似乎是忘了时间，长久地抱在一起，仿佛这一别，真的将无法再相见了。

父亲放下女儿，向山坡下走去，驶上小舟，回头望了眼女儿，一狠心，将木桩上的绳拔断，走了。

女儿在岸上呐喊，又将双手高高举起，不住地摇，希望父亲能再回望她一眼，哪怕一眼。可是父亲再没有回头，划着桨向另一头驶去。

此刻，暮霭沉沉，波澜壮阔，落日的余晖洒满了整片江，每一朵激起的浪花都因此闪耀，那一叶扁舟渐行渐远，逐渐化成一个黑点，最终消失在尽头……

需要

“小雯，这次成绩怎么才80分，你一向学习成绩拔尖，在班里总是前三，这次连三十名也排不上了！你看看人家小月，居然是满分！”妈妈用细长的手指戳着小雯的额头，气急败坏地吼道。

“每天都是小月，小月，小月的，我连她是谁都不知道，真是烦人。”小雯轻声嘀咕道。

妈妈显然是听到小雯的抗议了，脸上一副无言以对的神色：“小月哪像你，三天两头跑到书店买书看，人家可是在家规规矩矩做习题，我听她妈妈说《实验班》这套复习资料挺靠谱，今天给你买了本，以后每天练两遍，补补自己的薄弱之处，不然就别想看书！”

“哦。”小雯应了声，声音却像蚊子那么轻，然后赶紧写起作业来。

……

几年过去了，女孩如愿以偿，考入了复旦大学。当她欣喜若狂地拨通母亲的电话时，母亲喜极而泣。几声啜泣之后，母亲终于开口了：“其实，你从小到大未曾谋面的小月是我编造出来的，根本没有这个人。”

她又说：“我认为你需要一个对手。”

电话那头，是小雯的抽泣声。

小女生食单

平生三恶

枣

枣，状如泡过水的拇指，是我极其憎恨的，那红红的外皮，薄如蝉翼，咬开它，杏色的果肉便映入眼帘，紧接着，就是橄榄色的果核了。

青枣、红枣，我都对它们毫无兴致，周四的午餐，我也不屑一顾，原本好端端的白米饭，配上红枣，有什么可吃的？米饭应当配菜，白里透着绿，像雪地里长出一截新鲜的芳草。为何要放枣呢？我用勺子轻轻拨开一层洁白的米饭，一颗颗红枣就显现出来了，向我露出狡猾的笑。随着热量的下降，它们脸上纹路愈加显现，无比丑陋，无比丑陋……

除了红枣，青枣也不是好东西，披着薄薄的绿衣，果肉呈米白色，咀嚼时如把泡沫与糖浆拌在一起，沙沙沙沙地响，我以为这种响声是不雅致的，而光有不雅的响声倒也罢了，关键味道淡得像水。这个“绿衣女侠”在水果店还颇负盛名，在标签旁特别标注上“店长推荐”！如此吹捧，足可证明我的怀疑是有道理的，毕竟好东西都不需要“店长推荐”，毕竟店长那个品位也是高不到哪儿去的嘛。

豆

豆，士兵也。提到士兵，你可能会大惑不解，士兵？当然如此，那皮不就是它的戎装吗？它似乎也颇有戒备之心吧？这点也像士兵。

食豆，我不喜的就是它的盔甲，吃起来总是很古怪，有一种抵触感。脱了战袍，就是中间的“肉”，吃起来粉粉的、嫩嫩的，倒也罢了。可偏偏外面这层障碍，每回吃，用牙齿去剥它的皮，似乎不够灵活些，齿感也不那么舒适。只好一颗一颗，捏在手里去剥，这个举动本来我不屑于做的，弄得手指上油腻腻的，愣是削减了那点残存的淑女风度。

红豆、绿豆、蚕豆、毛豆……提起队伍庞大的豆家族，烹饪的方法也琳琅满目，豆沙包、绿豆汤、豆浆、水煮豆……如此五花八门，人们果真深谙美食之道……但人们却很少想到这些豆最好能脱壳烹饪。

爱幻想的我，总会遐想豆家族们去掉外壳的样子，那绿豆汤会不会更加可口？豆沙会不会更加软糯？豆浆会不会因此散发出奇特的醇香？……日后待我长发及腰、入得厨房之日，估计我会这样对待一群豆子：一定要让他们解除武装，卸去防备，然后再进入烹煮的环节。

都是外皮惹的祸！

我，不喜食豆。

莓（梅）

我似乎厌恶很多“莓”，草莓、蓝莓、杨梅……不管是“莓”还是“梅”，我都对它们毫不留恋，不会对它们产生一丝一毫的喜爱。每当妈妈买来一切有关“mei”的水果，我定是懒得去瞧它们一眼的。

在我心目中，“莓”和“梅”不过是同一回事罢了，我“一视同仁”——都厌食它们。草莓是许多童话中出现的讨人喜欢的水果，可我依然对它心存偏见，咬一口，滋味总是提不起劲，若是很甜倒也算了，若是骨骼清奇的那种淡然，也好，可是搞笑，草莓哪来骨骼，它就是那种软塌塌的东西嘛。

而杨梅，露着鸡皮疙瘩的外表，黏黏的果实，抓起来像捏着一个给小老鼠耍玩的小球，咬上一口，能酸掉了牙，你要知道我不是会吃醋的女生。

说到“梅”，我更不喜的是它的读音，在嘴里轻轻过一遍，仿佛出门就会倒霉，就会摔一跤似的。“梅”与“莓”，听起来像阔别已久的双胞胎，在我心中，就是这样，也许，喜食它们的人会觉得并不是这样，不管怎样，我厌恶“莓”。

妈妈说我不长个，不长肉，如此挑剔，真让她头疼。

但我想众人皆肥我独瘦，有什么不好呢?

平生三爱

鱼

鱼，水袖盈盈，游于水草之间，飘逸，灵动。

按理说，鱼儿是不能用来吃的，但造化弄人，这世间很多东西偏偏如此，不但好看，还好吃。

夹一片嫩白的鱼肉送入口中，让它慢慢融化，这应该是嘴的大幸。鱼肉的鲜味儿在唇舌弥漫开来，这种感觉用什么来比拟呢？其实跟不喜欢吃鱼的人没得说，如果你跟猫去探讨，它们准能心领神会。

每次去面馆点面，我都会特意嘱咐店员——加俩鱼。当面端上来时，我总会先将鱼吃了，生怕滚烫的汤汁将脆脆的油炸小黄鱼浸湿，从而变得软塌塌的，那可就少了份嘎嘣的脆。鱼肉是十分神奇的，它的出现竟有一种化腐朽为神奇的功效，让人对这碗并不十分特殊的面徒生爱意。

爱鱼心切，有时也羞愧于自己的自私。有时与我同吃一碗面的母亲夹起一条小黄鱼要送入口中时，我总在心中暗暗叫苦，懊悔不迭，发誓下次一定得吃快些，好保住那两条油炸小黄鱼。“吃客”这个头衔安在我身上当之无愧。

水煮鲈鱼、清蒸黄花鱼、塘鱼炖豆腐、鸦片鱼头……对我来说都是人间不可多得的美味。

橙

橙子，体态丰腴，看着挺饱满，似个圆滚滚的小太阳。黄澄澄而又高傲地挂在枝头，似乎还带着些大家闺秀的羞涩。三个一群，五个一伙地躲在繁茂的绿叶间。

秋天的深处，橙子在果农的说笑声中渐渐成熟，它的身体里储满了甜蜜，那是时光给它的礼物。橙子变得满腹经纶了，如果能写诗，它估计一定洋洋洒洒。

橙子味道鲜美，汁水丰盈，水滴形的果肉丝丝相连，像是仙女的羽衣，薄如蝉翼而牢不可破，细细端详，简直是一件完美无瑕的艺术品。

我喜欢橙子，喜欢那甜中带几丝酸的滋味；更喜欢那富有嚼劲的果肉。橙子的果肉在口中咀嚼，便成了小小的喷水池，喷洒出甘甜的小水花。

爱橙如命的我曾在果汁店满怀希望地点了杯橙汁，迫不及待地吸上一口，可那味道让人太过失望。那杯橙子一喝就知道掺了水，味道寡淡，也没了果肉嚼起来的劲道。

由此看来，自然的原始的味道，或许都是最好的。

桃

桃，自古以来就是颇得文人墨客宠幸的。她的前世，正是以妖艳著称的桃花，“去年今日此门中，人面桃花相映红”“桃花深浅处，似匀深浅妆”……就连金庸笔下的“天下五绝”之一的东邪黄药师也居住在桃花岛。你能说她不算被宠幸吗?

而她的今生，则是鲜美多汁的桃子，模样楚楚动人。那淡淡的肌肤，如四月少女荡完秋千后微微泛红的脸庞。

咬上一口桃子，浅粉色的果肉便探了出来，似在新奇地打量这个未曾谋面的世界。接着，一种淡淡的甜意带着令人舒畅的馨香在口中肆意弥漫，令我为之陶醉。

桃子的食用时间是很挑剔的，“饭后不能吃！”外婆常常耳提面命。可我却禁不住在饭后一小时一吃就是三四个。这样的劣迹，便常会遭到外婆数落。可我依旧我行我素。幸好，肚子从没遭殃过，这便给了我下次重犯的理由。

对于桃子，我是挺庆幸家里没人与我争抢。父亲对它过敏，却戒不了口，一吃就中招，往后只得乖乖收敛。而母亲对桃子的评价也只是一般罢了。我可以安心独享这一味了。

桃子，真是一种让我自私症爆发的水果。

俄罗斯套娃

朋友送了我一副俄罗斯套娃，花纹精巧，模样好看，我自是爱不释手。

最外面的那个套娃，相貌真是俊俏，一头金色的飘逸长发，白皙的皮肤，修长的柳叶眉，一双水汪汪的大眼睛，瞳孔呈蓝色，目光清澈如水。眼中有星星点点的亮光在闪耀，亮晶晶的眼睛下方则是令人羡慕的樱桃小嘴，红彤彤，娇艳到似乎随时会被咬破。嘴唇旁就是隐隐约约、若有若无的腮红了。倾城倾国的面庞，打扮亦是美丽至极。头上插着淡雅的白雏菊，华丽而素雅，这组本不是并存一世的反义词用在她的身上却丝毫不显矛盾。她显得华丽而端庄，素雅而不俗气，美若天仙。套娃的下身也不平凡，一只凤凰在腰间飞翔，五朵花儿争着为她开发。凤凰的羽毛晶亮亮的，是因为洒了金粉，恍惚间，我仿佛看到了那只娇贵的凤凰骄傲地啼了声，便展开翅膀，“哗”地飞走了。

我饶有兴致地将第二个套娃打开，中间赫然出现了与第一个一模一样的套娃，只是小了一圈。金发依旧，眼睛湛蓝，皮肤白嫩……看这模样，应该是第一个娃娃生的孩子吧。我一个一个将她打开，一个比一个小的胖娃娃钻了出来，到后来，娃娃已经小得无法上色时，便只有一个黄色的、椭圆形的小东西。本以为到了第九个娃娃已经到了“山穷水尽”的地步，可我将她轻轻地掰开，一个小得只看见小指的娃娃蹦了出来。

爸爸说，第一个大娃娃可以比作我阿太的母亲，而第二个就是我母亲的外祖母了……这么算下来，我就是那个连眼睛也看不清的胖娃娃了！真是令人难以置信。

也许，俄罗斯套娃是俄罗斯民族对子子孙孙绵长的寄托，寓意的美好让我不禁对这件工艺品更加珍爱。

毛毛虫

虫，在我眼中是最恶心的，恶心到令我害怕。

我不怕那带壳的六足甲虫，也不怕娇小的七星瓢虫，我怕的则是长长的、软软的毛毛虫。

毛毛虫有小指那般粗，通体绿色，遍身长满尖锐的锋芒，肥肥的，腿短得似乎只剩下几个仓促的小点，在腿的上方是一排显眼的荧光绿小圆，往内荡漾成亮眼的黄色，又渐渐转为一团黑。可最为恶心的，还是它那奇特的躯体“艺术”，每当它蠕动一步，都会使那粗大的牛角包似的身体弓起来一次，又缩下去。在这个简单的动作进行时，会让那荧光绿的皮肤猛地缩起来，像有什么东西要挣脱那个破皮囊般，令人作呕。

而最让我害怕的，则是那皱巴巴的皮和软塌塌的肉了。看到它吐的丝从叶子上吊下来时，那几乎形成了45°的身躯。这差点没让我把午饭呕出来。可那虫子却依旧不紧不慢的，还是一拱一拱地缩着。恶心，恶心至极。

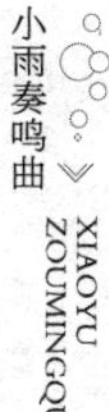

四季之道

从家到超市有一条幽僻的小路，路人稀少。春末夏至，秋去冬来，景致也随四季变化着模样。

赶春

当春为冬送行时，三月的柳絮也随风飞扬，那是离别的泪。河畔，夕阳把柳枝装点成妖娆的嫁娘，清风也托着她金黄的裙摆，怕她倒去，清澈的溪水甘心做她的镜子，让柳树把那飘逸的长发梳洗得更加柔滑。再往前走，迎春花亦是不甘寂寞，挨挨挤挤地占满整个枝头，推推搡搡地，争先恐后地赶趟儿，谁都想把别人赶下去。

争夏

又是一年盛夏，在蝉的聒噪声中，我又踏上了这条路。广玉兰俨然一副富家小姐的样子，君临自己的城，穿上了丝质的白莲裙，站在最高的枝头上，洒脱宁静。她的品位颇高，把自己打扮得像荷花似的：中通外直，不蔓不枝，出淤泥而不染，濯清涟而不妖。有多少富家公子哥们拜倒在她的石榴裙下？玉簪花也争着打扮自己，在头上插满一根又一根小巧玲珑的金簪，博得了路人的驻足痴望。“玉簪随地无人拾，化作江南第一花。”江南第一花——这是多么高的评价！

秋离

对于夏天，秋天就显得过于萧瑟了。秋虫呢喃，黄叶缓缓落下，结束了它一生的征程，长眠于地下，为人们铺上一层金黄。走在路上，你会发现两片落叶，偶尔吹在一起，树影残缺不已。秋天走到了尽头，冬天快来了。

冬藏

路上，部分的树只剩下树枝。透过树枝，遥望蓝天，树枝的黑影斑驳错落，在灯光下，更显诡谲。铁树被人们用麻绳包扎了起来，像一位肥得快溢出油的贵妇人在早晨不顾一切地用束绳束身，可还是徒劳。在寂寞的冬，梅花不畏严寒，沁出了红苞，有些已经一个个绽开了，淡雅而不失华贵，暗香四溢，浸透了整座城市。有时候，梅与叶能够重逢。路上，梅树开满了红花，零星的叶子也作为了她的陪衬。在生命熄灭之前，叶子还高高屹立在枝头上，不向命运低头。

小路的四季，丰盈、婉转、别有风味，小路的一景、一物、一声都诠释着生命的美、世界的美。

在文字里，不断接近美

写作是一种奇特的体验，一个个有棱有角、有血有肉的汉字叠加起来，仿佛瞬间获得了魔力，变成一篇灵动的文章。我热爱写作。写作是一项浩大的工程，就像考古工作者花费无数时间发掘埋在地下千年的石像，一步步接近被埋藏的核心。当石像发掘出来时，这样的欢欣好比一束明亮的光。

我认为写作也应如此，写作时应心无旁骛，写完后，则须不断打磨，让粗糙的文字变得圆润，生出光泽。

既然谈到写作，不可不谈的便是书籍了。书籍是一切写作的源泉。我读过数以千计的书，也喜欢过形形色色的作家。这次“文学之星”的比赛，对我而言是全新的挑战。

我要写好作品，不仅需要文学积淀，也需要创新的思维，新颖的主题。总之，我深切体会到它的不易，而过程又充满趣味。

对于世界，一千个读者有一千个哈姆雷特，“一花一世界”是一种看法，科学家探索的无尽的宇宙则又是另一种看法，甚至我们的内心，亦是一个世界。我们都活在属于自己的世界里，我的世界，是精彩纷呈的。

我眼中的世界四季交替，虽然冷暖差别大，可唯一不变的则是美——春有羞涩之美，夏有张扬之美，秋有朴素之美，冬，则有萧瑟的美。

而美，不一定全存在于庞大的事物中，细小的物体也有美。美有时藏匿于一朵野花之中，或潜伏在一片柳叶之间，甚至一颗小浆果，也暗藏着难以言说的美。我只能说，美无处不在。

写作，就是在文字里，不断接近美。

第四乐章

大地的歌声

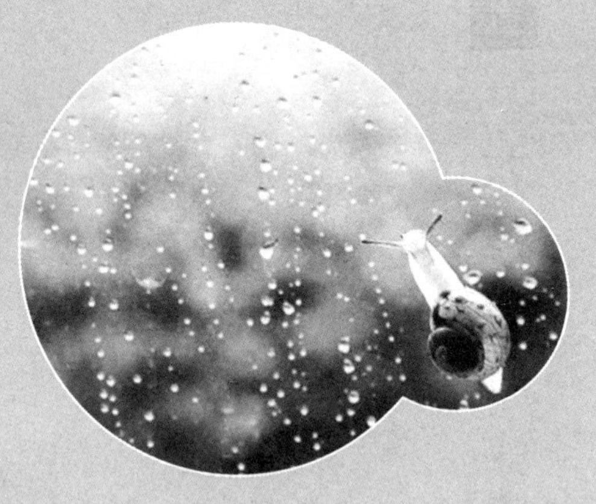

那一场花事·时光

♫

童年·小苍耳

今天，爸爸妈妈带我去郊游。

汽车在山间慢慢盘旋，不一会儿，就到了半山腰。我透过车窗，看着沿途的风景：云雾缭绕中的崇山峻岭，宛如仙境。

妈妈提议：“要不我们下车去找找秋天吧！”

“好啊，好啊！”我满口答应。

下了车，我发现了一簇簇的苍耳。它的叶子呈枫叶形。

小苍耳，它们浑身长满细细长长的刺，像一只只绿色的小刺猬，懒洋洋地趴在树枝上睡大觉。我迫不及待地一下子摘了好些个，把它们装进小盒子里。装不下该怎么办呢？有了，我把它们一颗颗地粘在衣服上。这些小苍耳排着整齐的方阵，多有意思呀！

我要把苍耳带给小伙伴瞧一瞧，也让小苍耳的种子四处为家。

那些花儿

在钢筋水泥的大厦间，在一所平淡无奇的小学里，有一群不平凡的爱花人，他们总能闲中作乐，伺候着好几十盆花儿，让它们蓬勃生长。这群人就是第五办公室的老师们。

在这个办公室里，我们无法肆意奔跑，若是一绊脚，那些不省心的花儿可遭了殃。从此，你就只能遭到这群“皇家贵族”的白眼，你若不是好生伺候着，打几十大板不说。我看，还得被驱逐出境呢！

吊兰不是省油的灯，你必须服务周到，让她满意。你若忘记定期给她浇水，她就耷拉着脑袋，作垂死挣扎状，奄奄一息。自然，她们会不顾一切地寻找世界上最好的御医，拯救她们。办公室的老师就是她们的御医。他们总能把我们的“大小姐”照顾得服服帖帖，可以说是无微不至，勤浇水，松土，修剪枯枝。就这样，我们的吊兰“大小姐”就精神焕发了，变得翠色欲流，那绿如瀑布般倾泻而下，耀眼、出众。

黑法师也不是好伺候的主儿。一朵朵紫红色的大花，中心呈淡绿色，别看她一副乖巧的模样，她可是个鹰派人物，气质非凡，像是《红楼梦》中的王熙凤，嫁入豪门，掌管着大大小小的公子、小姐。这黑法师若被阳光暴晒，叶子就会变得紫红，最下层的叶片渐渐枯萎，“御医们”只好围着它，对它加倍照料，又是浇水，又是晒太阳，终于让咱们的“王熙凤”恢复如初。有了精神，黑法师又光彩夺目了，绽放出她应有的光彩。

还是番薯芽最朴实无华，刘姥姥倒是与她相像几分。果真，她进了“大观园”，被老师们装在了一只精致的盘子里。她只是一个人默默地发芽，在自己的身上长出一片小小的树林，虽然只是小小的树林，可她赏心悦目。树上

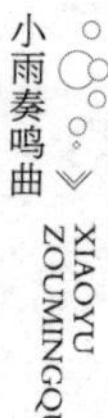

的叶子宛如翼龙的翅膀，外层是紫红色的，内部呈淡雅的绿色，似乎马上会飞上蔚蓝的天空。朴实无比的她从不会娇滴滴地争宠，而是自己去努力奋斗，直到枝繁叶茂。

从远处看这些花草，它们组成了一个四季常青、繁花盛开的花园，有些娇贵无比，有些朴实无华……

墙里墙外

我的外祖母虽谈不上爱花之人，可院中的花草却是养得甚为旺盛，比起那些费尽心思却把花养得半死不活的，倒也称得上“有心栽花花不开，无心插柳柳成荫”。

蔷薇

蔷薇是前年的春天移栽到坛子里的，起初只是低低的一截，矮矮地靠在那儿。后来便越长越大，长出了锯齿形的叶子，绿油油地生了一树，在风中摇头晃脑，清爽而可爱。第二年的夏天，未曾露面的娟秀容颜终于揭开面纱，那是扮得惹人怜爱的面庞，透过日光细看蔷薇的纹理，那仿佛是织娘们昼夜赶制而成的蚕丝巾，纤维丝丝纠缠，可花瓣却薄如蝉翼，似乎下一秒便要破了似的，却又牢牢地在那儿乖乖站立。她淡粉的脸上还分布了几颗雀斑，那非但不是瑕疵，反而还是一大美处。小丫头袭人也有几颗雀斑呢，看着挺俏皮。

凑近一闻，一股淡而雅致的花香弥漫开来，比茶香更为浓郁，比茉莉香更为淡雅，虽不及桂花香的馥郁，却有一种令人舒爽的香，羞涩、素雅。

清风徐来，粉嫩的花瓣随风飘零。霎时间，蔷薇旁洒了场花雨，我徜徉在花雨中，顿觉心情舒畅。一地的花瓣与枝上的蔷薇绿叶相辉映，在清风中煞是好看。

金银花

“金银花”这个名，光听还真是富贵，两项顶昂贵的珠宝全被它摘去，实则却是长在山野的杂花，莫名其妙地就能溢满整个山野。之所以唤作“金银花”，是因为它起初为纯白色，而后渐渐转为金色，故此名曰“金银花”。

金银花是贱花，去年在外婆家院子里爬藤。起初我以为是哪儿来的杂草，便想徒手拔去，不料它有中指那般粗，盘龙般将铁栅栏勒得掉了漆，很是坚韧。

日久天长，那巨藤早已被我忘却，可今年的春天，那藤长出了叶，整齐地码在枝头，又吐出纯白如菊瓣似的白色花苞。这时，我才意识过来：这是一株金银花藤。

第二星期，大部分花苞欣然绽放，如意般的金银花傲然挺立在枝头，如一团白雪覆盖在枝干上，连蔷薇都比它逊色几分。

无花果

朋友给我带来一篮无花果，我甚是喜爱。

无花果形如大蒜，身披紫色薄外衣，将它一分为二，浅红色的籽与奶白色的果肉便露了出来。一粒粒的籽，密密麻麻地挤在那儿，而果肉则像蒸过之后的茄子一般，软塌塌的。

我咬一口籽，嗯，又脆又甜，像草莓酱的味道布满舌尖。我居然能听到自己咀嚼时的声音，像是沙砾摇晃时发出的声响。果肉也不会逊色，每一丝都均匀地连在一起，甜津津的，香甜可口。我之前总对无花果有偏见，因为它形如大蒜，软软的身子，使人提不起性子来。可是，当我再次品尝之后，我的偏见早已烟消云散。虽然它长得并不俊俏，可我却依然喜食它们，也许因为它的香甜，也许因为它的独特……

又到丹桂飘香时

秋天到了，走在小区的路上，一阵阵香味扑鼻而来。又到了丹桂飘香的时节。我和妈妈一边走一边吮吸着桂花那令人近乎窒息的馥郁香气，感到快要招架不住了。

记得两年前的秋天，父母带我去小军爸爸家做客。一进院子，一棵巨大无比的桂花树映入我的眼帘。它像一把巨大的伞挺立着。抬头望去，我发现绿叶丛中躲藏着一簇簇金黄的桂花。它们一朵一朵地依偎着，莫非说着悄悄话?

妈妈告诉我，这是金桂，这棵树已有二十多年的历史了，所以香味特别浓郁。

我突发奇想：要是能下一场桂花雨，那该有多奇妙呀！于是，我站上石栏，抱起桂树的枝干，使出平生之力，使劲摇着。“簌簌簌……”一朵朵金黄的桂花从天而降，飘飘洒洒，真的变成了一场我所期待的“桂花雨”。小小的我，在桂树下享受一场花香的盛宴。我亦弯下腰，小心翼翼地捡起小小的桂花，把它们藏进了衣兜里。

妈妈说，这些小桂花还能腌制成桂花糖呢！回到家里，我和妈妈把这些桂花洗干净，再晒干，加上几勺糖，几天以后还真研制出了甜香四溢的桂花糖。我将它含在嘴中，任凭它从小小的一块糖化为糖水，化在我的心间。外婆在酒酿圆子的上面撒上一层桂花糖，那滋味别提有多美妙了，那是一种味觉和嗅觉的完美结合。

那场神奇的“桂花雨”与甜丝丝的“桂花糖”将永远留在我的心底，像童年的美好挥之不去。

乡下野趣

汽车随着两旁翠绿的树木盘山而上。山下，深深的潭水映照着天边的朵朵白云，阳光从云的缝隙中透出来，透过树叶，留下斑斑点点细碎的光影。

聊着聊着，这就路过了小镇中的一条小溪。溪水清澈见底，可以望见溪底的沙石，百折不回的小溪似乎没有尽头，一座山挡住了我对小溪的追随。“嘎——嘎——”一声声悠远长久的叫声似乎在呼唤着我。我扭头一看，竟是一群绿白相间的鸭子。它们悠闲地在溪水中游行。看到这些，我也变得野了，似乡下人家一般，脱去笨重的运动鞋坐在大石头上，泡起脚丫子来。溪水凉凉的，很舒服，水流穿过我脚趾的缝隙，像是匹柔软的丝绸轻拂过我的脚趾。岸边的树木不时掉下几片黄叶来，悠悠忽忽地飘到我们的脚边，似一叶扁舟，向水流湍急处驶去。

面对在城市里找不到的好地方，我玩性大发，似鸭子般用脚丫拍打着水面，激起阵阵水花，泛起层层涟漪。阳光在微波上舞蹈，好似永不停息的梭子在织着金色的花毡。

小溪下游的另一头，一个老头儿正穿着大拖鞋，蹲在溪边，乐呵呵地拿出一块白毛巾，用水洗过，便似围巾似的挂在脖子上。他那原本通红的脸也变得平静。

我和孜孜嬉戏着，互相泼水，爽朗的笑声回荡在小溪边，可谓野性十足。

就这样，新昌的山水令我们返璞归真——洗尽了铅华，回归了真实。

一叶落而知天下秋

“浔阳秋来风景异，枫叶荻花秋瑟瑟。”又是一年秋风萧瑟，我走在小路上，一片梧桐叶从我眼前滑落，我便得知，秋天来了……

也许，秋叶是令人生厌的东西。秋风袭落了片片落叶，零零散散，满地堆积，常使得清洁工人疲惫不堪。

但在我心中，秋叶之静美更深入人心。秋叶静静地躺在地上，蚂蚁、刺猬、仓鼠纷纷赶来它的河床做窝。深秋，我来到树林采集了各色落叶，准备张罗树叶贴画……

我赞美落叶，它总是一副不紧不慢的姿态。哪怕是生命已经到了尽头，它亦是迈着轻悠的步子，在半空中打个转儿，跳一支轻快的圆舞曲，品味自己虽是短暂却又美好的一生。

落叶更懂得知恩图报。它敬仰着大地母亲。它的生命一旦终结，就会落在母亲的怀抱中，化作来年的春泥，哺育新生。真不愧是“滴水之恩，当涌泉相报”。

落叶的一生总是在为别人默默奉献着。春天，它抽出点点嫩芽，让人们心旷神怡；骄阳似火的夏天，它生意葱茏，张开稚嫩的手臂，为人们挡去炎热的酷暑；秋季，它已然枯萎、泛黄，从树上悠悠飘落，准备化为来年的春泥……

我赞美落叶，赞美它的各种美好与姿态……

聆听大地的悲窣

恐怖的未来

现在的科技越来越发达了。人们都生活在新时代，一拿起手机，大家瞬间变得十分安静；一辆辆汽车在马路上飞快驰骋，留下许多尾气；一座座工厂的烟囱排放着乌黑的毒气……

这一切，无不预示着我们的未来，会惨不忍睹。由于这些毒气，汽车排放的尾气，以及人们即使在大白天，也不关掉电灯的习惯。地球上的气候越来越极端。要么来一场狂风大作的暴雨，要么热得如同在酷暑，少了晴空万里，少了春风和煦，少了万里无云……

因此，走在广场上，你绝对不知道这是什么季节。人们有的穿了薄薄的背心，有的却还裹着又厚又笨拙的大棉袄。

地球上越来越多的国家会发生水灾，尤其是经济发达的美国，一发生洪灾就变成名副其实的“威尼斯”。一位位居民划着小艇，目光中满是悲凉，那小艇的下方，正是一座曾经的停车场。

面对过去，展望未来，非洲有越来越多的难民因为营养不良，喝不到水而死去。一个个嗷嗷待哺的小婴儿，嘴角还没有沾到一星食物，就瞪着两只眼睛离开了他们还没有待多久的人世。他们充满血丝的眼睛就永远地望着天空。

未来，似乎离我们是那么遥远。但是，如果我们一错再错，就等于逼着地球母亲往枪口上撞。

也许，会有一天，植物动物都灭绝了，只有在博物馆里才有幸见到它们的化石。没有动物和植物，人们就没有了粮食。就这样，人们开始自相残杀，蚕食同类。最终，人类也会随着时间灭绝。

人类要在地球继续生活，一定要记住：低碳生活才是明智之举！

节气谚语作用大

古时候的人们没有气象预报，是怎么来预测天气指导生活的呢？这个问题一直在我心头萦绕。直到那天，我才似懂非懂地了解了这其中的奥妙。

这天，刚吃过午饭，外公头戴草帽，身穿背心，脚穿军用鞋，扛起锄头，俨然一副老农的模样正要出门。往日外公可都会午睡来养精蓄锐，今天为何“一反常态”了？

我疑惑不解地问：“外公，难道你今天不午休了吗？”

“今天是芒种，俗话说，芒种芒种忙忙种，过了芒种白白种。今天这个节气再不抓紧播种，明天可就来不及啦！我这可是与时间赛跑。”

原来如此，芒种是二十四节气之一，古人就是以二十四节气来指导农事的。怪不得外公放弃了午休时间，在田头不顾烈日炎炎依然忙碌着。晚饭时，外公才拖着一身疲惫走进家门。此时，汗水早已浸透了他的背心，裤腿也沾满了泥巴，手臂上还被小虫叮了好几个包。

外婆不禁埋怨起外公来：“搞得满身泥巴，田里的活就这么重要？”外公只是笑笑，其实，我早已知道了节气对于农田耕种意味着什么。

像这样的农谚还有许多：“清明前后，种瓜点豆”“夏至有风三伏热，重阳无雨一冬晴”“秋分早，霜降迟，寒露种麦正当时”……

节气不仅可以指导农耕，还在军事战争上起到至关重要的作用呢！爸爸给我补充了这样一个历史故事——火烧赤壁。刘备的军师诸葛亮就是借助了冬至日偶尔会刮起的东南风赢得了这次战役的胜利。曹操雄才大略，是古代大军事家、政治家。也有人多次提醒曹操：“要小心行事才行。”但曹操依然胸有成竹地说：“寒冬腊月里又岂会刮东南风？他们想要火攻我们的战船，绝非易事。”殊不知，诸葛亮正是抓住了冬至日偶尔会刮东南风的大好时机，将曹军的战船一一烧毁。

节气与我们的生活息息相关，古人的智慧真是无穷无尽啊！

来自撒哈拉的问候

非洲，一个神奇的大陆。它不仅有着千奇百怪的地貌地形、异常丰富的动植物资源，更有着源远流长的古代文明以及独树一帜的地域文化。今天，我们就慕名来到了宁波博物馆参观非洲的木雕展。

一进门，我就被一尊叫作“生命树”的雕塑深深吸引了。它雕琢精美，堪称木雕艺术品。我忙浏览旁边的介绍，才知道，原来非洲人民普遍认为树是生命的象征，能使阳光普照大地，繁衍后代。我细细观察了一番，发现生命树分两部分，下面是一个人像，瞪着铜铃般的大眼睛，鼓起的腮帮，厚实的嘴唇，上面是一群非洲人，围成一圈，或双手上举，或是两手叉腰，腆着肚子，像是在虔诚地祈福。

伴着铿锵有力的击鼓声，我们来到了木制的棋盘旁。相传这是17世纪一位开明的君主，为了让人民不沉迷于赌博而发明了棋盘。棋盘下躺着一个人，那个人表情痛苦，手里举着一块方块的棋盘。棋盘上凿了好几个洞，是用来放小石子的。我仿佛看到了一群勤劳的非洲人民，安居乐业，业余时间用下棋来打发时间的场面。

在展馆里，我还看到了双头巫师像、短椅、契瓦拉，形形色色的面具……这些真让我大饱眼福。

今天，当我静静地欣赏完这批来自非洲的艺术品，看到的不仅是怪诞夸张的造型，更多的是其背后所守护的各部落最纯真的文化和信仰。

天然环保清洁剂

我家的锅长年累月地使用着，表面总是覆盖着一层无法洗尽的油渍。今天，我无意中在《百科全书》里发现了用果皮去除油渍的一个实验。

于是，我就迫不及待地想为铁锅洗洗身子了。我先在锅里放一半的水，水里放入两个苹果皮的量，用火煮。起初，苹果皮在水面漂浮着，没有丝毫的变化，大约等了五分钟，我想许是因为高温的缘故吧，苹果皮稍稍蜷缩起来，像是荷塘里那一片片的残荷，呈现淡淡的橘红色，与之前的淡黄色略有不同。过了十分钟，锅里开始冒泡。为了获得更好的实验效果，我将锅盖盖上。焖了大约两分钟，我又将锅盖掀开。锅上升起了袅袅烟气，那是一股银白色的雾气，锅面也没什么起色，效果并没有我想象中的明显。

于是，我又在锅里放下一个橙子的皮，用锅铲上下前后来回地翻动。水面竟然冒出了一股清香，那准是橘子皮的功劳。为了增强实验效果，我又用锅盖焖了两分钟，提起来一看，水面已经大幅度地沸腾了，大大小小的气泡出现在水中，随即又消失。足足过了半个小时，这个实验才算完工。我把锅里的水倒出来，细细看，原本油腻腻的锅变得洁净了，像是刚刚消毒过呢！对待这样的实验效果，我不禁感到万分惊讶——好神奇的天然环保清洁剂呀！

我立刻查阅了电脑，发现网上写着果皮里含有苹果酸，能与锅表面的氧化铝发生反应，锅就会光亮如新。

原来，生活中的奥妙是如此之多。

游杭州极地海洋世界

刚放假，妈妈就带我去了杭州的极地海洋世界游玩。这可把我乐坏了。这里有许多来自南极与北极的动物朋友，北极狐、北极狼、小企鹅……看得我眼花缭乱。当然这里更多的是来自海洋里穿梭的鱼类与各种海洋生物，真让人大开眼界。

我特别喜欢憨态可掬的北极熊。它长着胖乎乎的身子，全身毛绒绒的，慢悠悠地走在白茫茫的冰雪世界，看上去特别悠闲自在。

走着走着，我们来到了小企鹅的世界。它们有的在岸边照镜子，有的正在湖水里进行滑行比赛，飞一般的速度，看得我们都目瞪口呆，原来小企鹅也是游泳高手呢！有两只小企鹅在一角一动不动地站着，乍一看，我们都以为是雕塑呢！没想到，过了好久，小企鹅终于动了动自己的身子。这时，我们才恍然大悟。点点说："原来，它们在玩木头人的游戏啊！"这句话逗得大伙儿都哈哈大笑。

水母也引起了我的注意。据说它有24只眼睛呢！其中的4只眼睛是捕捉猎物用的。真让人不可思议！小小的水母居然有这么多眼睛。它们的身体看上去非常柔软，在水里游动的样子，像一个个芭蕾舞演员正在表演呢！

还有一种发光的小鱼也非常特别。它的身体红蓝相间，眼睛却是淡紫色的，名叫红绿灯。小伙伴们都很好奇地说："怎么可能是红绿灯呢？它的身子可是有红色与蓝色组成的呀？”

刺鲀和我在书上见到的一模一样。瞧，它浑身长满了刺，只要有敌人入侵，它就像魔法师一样把自己变成一个大刺球。看来，海洋生物的护身之法也极具智慧！

杭州极地海洋世界真神奇，让我见到了许多书本里才出现过的动物，我以后还要上这里再和这些动物朋友会面。

珠穆朗玛峰和纸

今天，我在一本书上偶然地发现了一组令人不可思议的数据：一张厚度为0.01cm的白纸对折30次之后的厚度竟然比珠穆朗玛峰还要高！

这个令人难以置信的数据，无论如何都让人觉得太“荒唐”了点。毕竟这只是一张再也普通不过的薄纸，通过对折真的能超过世界上最高峰——珠穆朗玛峰吗？我陷入了深深的疑虑中……

但很多意想不到的事情往往都有可能发生，所以不妨通过计算，这一切的谜底就能查个水落石出。

随即，我便把0.01cm连续乘2，一共30次，算式为

0.01×2×2×2……结果为10737418.24cm。

接着，我又查询了珠穆朗玛峰的高度为884813cm。通过两者之间的比较，10737418.24cm > 884813cm，很明显就能够看出这张薄纸对折30次后的厚度，的确胜过了珠穆朗玛峰的高度，而且还出人意料地超出了10多倍！

其实，像这样惊人的数据在日常生活中处处存在，只是我们没有去认真观察并且研究罢了。

我的“钟”

每天都有属于我的“钟”。

清晨，沐浴着柔和的阳光，走在上学的路上，我经常会呆呆地张望中学大门，发现大哥哥、大姐姐们正忙碌地赶去上学。这时，校门口已是人山人海，车水马龙，所有人都显得行色匆匆。我心里暗喜：“哈哈，今天出门还挺早的啊！”有时候，我起得晚了，来到中学门口，发现校门口只剩三三两两的行人，我急切地想：不好，我得加快步伐去上学了。这就是属于我的“人钟”。

我和俞愉姐姐一起订了牛奶。今天，我去门卫取牛奶，

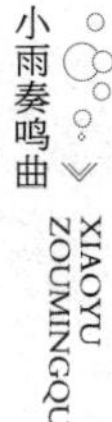

发现姐姐的牛奶早已不见踪影，一看就明白了：今天俞愉姐姐上学比我早了一步。不过，大多数时候都是我帮她取的牛奶。我会根据这瓶“神奇”的牛奶，知道姐姐有没有来上学，这就是属于我的“牛奶钟”。

我身边有许多奇妙的“钟”，是不是很有趣呢？

牛奶结块了

我喜欢在睡前先吃一个橙子，然后喝上一杯牛奶。可最近，妈妈告诉我：“酸性水果和牛奶一起吃会得胆结石。”我听了挺纳闷的，于是我决定做一个实验。

我将切了片的柠檬放在牛奶中，没多久，丝滑的牛奶就开始变得又浓又绸，像发酵的酸奶一般，一小块一小块凝结起来，样子特像豆腐脑。我想一定是酸性水果——柠檬，正在发挥着举足轻重的作用。

真奇怪，牛奶为何会凝结起来呢？我查阅了资料。原来，柠檬呈酸性，带有很多正电的离子，而牛奶的成分还有多数的蛋白质，它呈现弱的负电性。当它们俩混在一起时，大量的蛋白质都以正离子为中心聚集在一起，就会形成结块的现象。而结块的成分则是牛奶中富含营养的蛋白质。

“欲要看究竟，处处细留心。”生活中隐藏着那么多的科学常识，等待着我们去发现，并去科学地指导人们的生活。

行天下记事

前事不忘，后事之师

南京，曾是繁华的六朝古都，是历代君王居住的地方。可是，1937年12月13日，一场浩劫降临到了这座古都——南京大屠杀。今天，我怀着悲痛又愤怒的心情来重温这段沉重的历史。

走进南京大屠杀纪念馆，一座座雕像触目惊心：一位衣衫褴褛的妈妈抱着死去的孩子，对着苍天发出悲惨的痛哭声；同样是位母亲，拉着她的儿子和女儿，惊恐地望着天上日寇的轰炸机，似乎在呼喊：“孩子们，快逃命！敌人的飞机又来轰炸了！”一位书生拖着死去的妻儿，做出了决定：“我们死也要在一起！”母亲已经惨死在日寇的刀口下，可她襁褓中的婴儿却浑然不知，还躺在妈妈的怀里。此刻，所有的泪水、血水、乳水都将化成永不融化的冰……看到这些雕塑，我不禁触动心扉。

往前走，一大片灰色的石子扑入眼帘。我怀着好奇心一脚踩上去，立刻被妈妈制止了。妈妈严肃地告诉我：“这里的每颗小石子都代表一个死去的亡灵，是万万不能踩的！”我立即收回脚，原来这里寸草不生，意味着生命的消失。

在鼎钟旁的一面墙上，“遇难者300000”字样发人深省。难道我不应该为之愤慨吗：在短短的六周内，日本鬼子竟残杀了这么多无辜的生命！

继续往馆里走，我发现了一个奇特的滴水装置，“咔嚓、咔嚓、咔嚓……”在12秒后，一颗水滴掉落。我看了介绍才明白，每一颗水珠就代表这一个鲜活的生命，每12秒就有一个无辜的百姓惨死在日军的枪口下！我的心再一次受到震撼！

在累累白骨的万人坑，我看到了一个约莫三个月大的婴儿白骨：脖子已经断裂，牙齿还没长全。天哪！日本鬼子连婴儿都杀！我为他们的滔天罪行而愤怒！

走出纪念馆，我想，我们应该好好读书，振兴中华，因为落后就要挨打。我们要铭记历史，“前事不忘，后事之师”。正如一位名人所说：“我们不应该忘记历史，但我们应该忘记仇恨。”望着在蓝天中飞翔的和平鸽，我期待和平能够永驻人间。

遇见崇武古城和蜉埔村

崇武古城是明代皇帝朱元璋为防御倭寇入侵而派周德兴建造的。而崇武的寓意则是崇尚武备。自从修建了古城，倭寇在一百年间不得随意入侵了。

走到小小的用石头砌成的拱形洞口前，本以为里面只是一些小小的景致。走进去，才发现里面竟然别有洞天：鳞次栉比的古建筑、优美的弧线和镂空的石窗、古朴雅致的石阶。石墙上只要有一点缝隙，花花草草们就会殷勤地补上，不留一点缝隙，显得绿意葱茏。

踏着石板路，继续往前探访，我们竟然看到了一座牌匾——那是一座高高的橙色的墙壁，飞檐翘角，据说还是乾隆年间下江南时修筑的，显得无比神圣与庄严。

门外有一口并不起眼的石井，随着历史的变迁，它已显得斑斑驳驳，想必也已经有几百年的历史了。可惠安女依然在这方小井里打水生活。

离开小村庄，踏上威严的小长城，我的心中无比激动——这里就是几百年来防御倭寇入侵的地方，一座座炮台无声地记录着当时抵御倭寇的空前盛况。望着这座小长城，它在我的眼前似乎已经没有了尽头，一直延伸到远方……

闻着浓浓的海的味道，我们来到了蟳埔村。一位位穿戴特别奇特的女人正在大寒天里围坐在一起敲牡蛎。她们头戴金钗，满头鲜花，要不是脸被海风吹得黝黑，我甚至以为她们是天上下凡的神妃仙子呢！

这里的房子是又一大特色了。一方方墙面看上去白花花的，粗糙不已，定睛一看，原是墙上沾着一只只牡蛎壳，大大小小，造型各异，给这寻常的百姓人家增添了一分情趣。

今天走了好多个景点，依稀有些模糊了，但这两处却让我铭记在心，久久不能忘怀……

踏上洛阳桥

在鲤城一路向东，便是洛阳桥了。抬头向上望，就能发现一尊高十几米的石像威严地望着我们，这就是鼎鼎大名的洛阳桥主持修建者——蔡襄。

踏上洛阳桥，脚下是并不起眼的石块，经历了九百多年的风风雨雨，还稳如磐石，不像其他古桥，已被列入“物质文化遗产”，危如累卵，随时都有可能再次倒塌。铺设在洛阳桥的每块石块都重达二三十吨，古人又是如何将这些石块运到高高的桥墩上去呢？修筑桥梁的工匠们在潮涨潮落中受到启发，采用浮运法，借助涨潮时的浮力，才将这些石条放置在桥墩上。如今架在江上，犹如彩虹卧波一般。我被先人超凡的智慧深深震惊了！

踏在桥上，两边是一片碧绿耀眼的树林，起到了防风固沙的作用。此时，一只只白鹭在湿地上空翱翔，野鸭们三三两两地在江上悠闲地游弋。

江水平时波涛翻滚，而今天却风平浪静，只有轻风拂过，才会微微荡漾着清波。洛阳桥正架在江上，接受风雨残酷的洗礼，多少年来，从未被大水冲垮过。

洛阳桥的桥墩亦是风趣无比，上面依附着许多星星点点的牡蛎，像为桥墩披上了一层厚厚的战袍。这样不仅增添了风趣，还起到了坚固石块的作用，果真是一举两得！

洛阳桥像一位饱经风霜的老者，在沧桑的岁月中悠悠向我们走来，也许在之后的岁月里，他会离我们远去。此刻，我们能做到的就是去珍惜他，爱护他，让他在历史的长河中继续缓缓前行……

大足石刻摩崖造像游

——穿越时空，回到原点

早听说大足石刻规模宏大，艺术精湛，内容丰富，保存完好，更是世界罕见。吾游此地，见香火缭绕，古色古香，故此撰写。

——题记

妈妈也告诉我，“大足石刻是唐代至南宋时期图文并茂的摩崖造像，与四大石窟齐名，更是世界文化遗产。”我先前却从没有听说过，真是孤陋寡闻啊！

随着青石街道往上走，赫然出现一道气派的大门，透过在风中摇曳的爬山虎，我愕然了：好几块庞大的石壁上，大大小小刻着数不清的石像，有的慈眉善目，有的眉头紧锁，有的微闭双眼，有的怒目圆睁，或驾五彩祥云，或卧莲花宝座，表情丰富，神态自然。怎能不为之震撼？

我平静地往前走，一座座石窟精美绝伦，连小小的手饰也刻画得淋漓尽致，一粒粒珠子串联在一起，精致而小巧，花了多少心血可想而知。可由赵智凤呕心沥血设计、劳动人民建造的石窟却在“文化大革命”时毁于一旦：部分佛像被砍去了头，已变成了断壁残垣，我们再也看不清他们的面容了，而有些也是被风化所造成的，佛像的面容也已模糊不清，着实可惜！

令人欣慰的是，也有许多石像是保存得很完好的，孔雀明王就是其中之一。只见他五官端正，无比和蔼，打坐于莲花宝座上，正如名字所云，孔雀明王的坐骑正是鸟中之王——孔雀。他的面部端庄慈祥，眉清目秀。高鼻梁，嘴唇小又微微上扬，耳垂颇大。头戴花蔓冠，帽带一长一短，短的潇洒，长的飘逸，顺两肩结花而下。孔雀体态丰硕，四肢发达，露出五彩斑斓的羽毛，似乎快要飞到九天之上，目光柔和又不失锐利……我不禁对古人的智慧深感佩服。

顺着布满青苔的石阶往前走，两座古佛出现在树隙里，再往前走，只见他们正安详地坐在莲花宝座上。如来佛祖祥和地打着坐，微闭双眼，嘴微微张开，似乎正念念有词，是在念经吧。多宝佛也在一旁，宁静而慈祥，衣袍平平地垂落而下，手握宝塔，异常安宁。

一路上，我仿佛回到了古代，看见了劳动人民的日常生活。在“面朝黄土背朝天，汗珠子摔八瓣”后，不辞辛苦地攀山越岭，只为了将他们心中的圣人凿于绝壁之上，又小心翼翼地对他顶礼膜拜，丝毫不敢怠慢。

人们心中的圣人，大都是仙裙飘飘、长发齐腰、面容慈祥的观音菩萨；也有端坐宝座，手呈兰花状，微闭双眼的如来佛祖；还有笑口常开、大腹便便的布袋和尚；而怒发冲冠、眉头紧锁、怒目圆睁的四大金刚、哼哈二将，则寥寥无几。也许，在人们心中，和蔼可亲的圣人更容易让人感化吧！

“一花一世界，一叶一菩提。”庙里的烟火熏香像缥缈的游丝一般，飘进我们的鼻息，我们也顶礼膜拜，那一刻，我们无比虔诚……

天坑地缝

龙水峡地缝因坐落于山下，由亿万年前的流水侵蚀而成，像一条深深的沟壑而得名。

——题记

顺着公路盘山而上，穿过高低不平的溶洞，坐上破旧朴素的电梯，这就到了地缝。

早听说龙水峡缝险峻幽深，怪石峥嵘，下山一看，果然如此。我爬坡而上，眺望远方，真的像条沟壑，又似匍伏于地上的爬虫。越爬高，我的腿越软，仿佛快要倒地。那层层叠叠的岩石似一根根拔地而起的笋芽，又似一把把利刃，触目惊心，似乎随时都会把我们刺穿。

走在路上，我们一会儿俯下身子，一会儿身体倾斜，因为路旁的岩石总是挡住我们的路线，野得很，凹凸不平，在我们犯愁时，他却大笑着。

向下鸟瞰，水清澈而明亮，映衬着在风中摇曳的流苏似的爬山虎。水竹低低地长在岸边，俯身凝望着水中的倒影。

抬头仰望，几处细细的水流正在岩石上静静流淌，四周的高山似一道有声有色的屏风，挡住了喧嚣，挡住了骄阳，挡住了心中的杂乱，只留下几棵稀稀的树，留下了本应属于我们的宁静。透过高山眺望蓝天，云正悠悠飘着，和我们一样自在。

顺着青石栈道往前走，一道瀑布将山路拦腰截断，似条白龙，穿梭于山间，咆哮着，追着鱼儿向山下跑去了。瀑布打在石块上，发出嘀嗒嘀嗒的脆响，将石块沐浴得光滑而干净。靠在围栏上，有无数雨丝飘向我，这也是精神的沐浴。张开双手，雨珠嘀嗒嘀嗒地落在我的手上，很凉爽。透过雨帘看外边，也别有一番风味。

风吹着，爬山虎在摇曳，我们也在山中返璞归真。不再压抑，不再烦躁，一切安逸，美好。

钱湖的冰凌大奇观

“北国风光，千里冰封，万里雪飘……”这是毛泽东赞美北方壮美景色的诗句。我们身处南方，可这儿也有冬日里别样的景致。

刚下了一场雪，我就迫不及待地随妈妈前往东钱湖游览雪景。我们走过蜿蜒的廊桥，来到渔船边。那渔船上已结了一层严密的冰，冰状有如流水一般流畅。船桨滴下的水珠也结着冰，堪比利刃，在冬日的暖阳下反射出耀眼的金光。

我们继续顺着青草地下了坡，便见到了万里冰封般的北国风光。湖面上倒有几棵不畏严寒、倔强的雪松。虽然它们的脚下已被厚厚的冰覆盖着，可它们依然赤着脚丫，傲然挺立着。望着那象牙般的冰柱在赤日下闪烁着金色的光芒，我甚是好奇，不禁钦佩大自然鬼斧神工般的造型。也许在天寒地冻的北国，遇到如此奇观也不足为奇了吧？可在南方，这些冰可金贵着呢！

我小心翼翼地摸了摸晶莹剔透的冰柱，生怕它们突然断裂。冰柱温润如玉，冰清玉洁，像银元似的长短不一地码在树枝上，按次序排列，毫不含糊。这些令我看得出了神。

我轻轻拔下一根冰柱，那根冰柱中竟然冻着一片碧绿的树叶。冰柱像极了一支玉簪。我往头上一插，可跟金陵十二钗媲美。

驱车环湖继续往前，我们驶向了梅岭老街，瞬间被另一番独特的风景震住了。一棵棵光秃秃的本不引人注目的树枝上竟覆盖着厚实的冰，像是蛋糕上裱了一层厚厚的奶油，造就了令人叹为观止的“冰凌大奇观”。一棵棵秃树上悬着如利剑般的冰凌，仿佛一不小心就会掉下来刺进你的眼眶。

这一群原本再普通不过的树，在冰雪殷勤的帮助下，成就了如此耀眼的钱湖冰凌大世界。

大家赞叹着，议论着，仿佛自己正处在一幅优美的画中。游客们慕名而来，争相观赏、合影，悠闲地在天然滑冰场玩耍。

我和同伴牵着手，在光滑的地面上战战兢兢地飞驰着，优哉游哉。我差点跌了个“嘴啃冰”，还好伙伴一把扶住了我，真是有惊无险。连泰迪狗也来凑热闹，在冰上瑟瑟地匍匐前行，一不小心就跌了个真正的狗啃“冰”。要不是妈妈的劝阻，我估计还要在冰上畅游呢！

我和伙伴探头探脑地向“琼枝银花”滑去，站在树下，望着晶莹剔透的冰凌，我俩想，这些冰凌会不会很美味呢？我们情不自禁地摘下冰块，含在嘴里，凉凉的，不一会儿便化了，化在我们的嘴里，化在我们的心里……

钱湖的冰凌大奇观，一直印在我的心里，闪烁着金色的光芒……

西子湖畔

古人云：“欲把西湖比西子，淡妆浓抹总相宜。”今天，我们就来到了风景如画的西子湖畔。

西湖边游人如织，大家都静静地欣赏着美丽的湖光山色。此时的西湖边时不时吹来几阵微风，使人顿觉心情舒畅。

随着熙熙攘攘的人流，我们来到了远近闻名的“花港观鱼”。在围栏边，大家赞叹着，议论着：“这鱼可真大呀！”“这条鱼肯定有几十斤吧？”“我可从没有见过这么大的锦鲤！”

我也好不容易找到个好位置，趴在围栏边好奇地观赏着。那红锦鲤胡乱地游动着，竟看得我眼花缭乱。但不难发现，池中的鱼儿似乎都在听从美食的召唤。倘若池中僧多粥少，那锦鲤便围着哪怕是一小粒的鱼食，在池中绽放出一朵绚丽的烟花。就在这个当儿，附近游来一条大鲤鱼，身长一米，旁边刚刚还在抢夺鱼食的鱼儿们纷纷让开来，形成一条宽敞的大道，供大鲤鱼“行走”，颇像古装剧中的大臣迎接圣驾。可怜的鱼儿们原来还生活在“封建社会”中呢！

走着走着，不觉有些疲倦，我们便坐上了摇橹船荡漾在西湖上。夕阳西下了，湖面上波光粼粼，然而并不像课本中描述的那样：静得让你感觉不到它在流动。水面上依然微波荡漾，我们的船也随着波浪一起一伏。湖边是数不尽的垂柳，在盛夏季节，更添一分葱郁。于是，我就不难想起贺知章写下的诗句：“碧玉妆成一树高，万条垂下绿丝绦。”

船工将船摇到了“三潭印月”的景点旁，“三潭”其实是湖中三个像宝葫芦一样的石塔，下面有三个出水口，还雕刻着精美的花纹，造型古朴而优美。相传，三潭是北宋年间苏轼疏浚西湖时，用来测量水位的仪器。

摇橹船穿过一座座拱桥，路过一池荷塘。粉嫩的荷花点缀在深绿色的荷叶上，怒放的，含苞待放的，兼而有之，分外妖娆。

此时的我们虽然已经上了岸，但不由得深深赞叹着西子湖畔的那份清新、隽永的美。

游走河坊街

河坊街是杭州一条既无比繁华又颇具古色的街市。今年暑假，我有幸随妈妈来到这条古街逛逛。

穿过幽暗的小巷，走进河坊街，我的眼前顿时一亮：整条街都灯火通明，人群熙熙攘攘，叫卖声、吆喝声不绝于耳。哇，古街自有一番天地！

我兴奋地随着人流来到了卖桂花酥的摊子，只见两条大汉手执木锤，“嘿咻，嘿咻”奋力敲打着一块大圆饼。他们的额头上沁出细密的汗珠。分工默契的他们，你一捶，我一锤，像是演奏一曲有韵律的劳动号子，配合得天衣无缝。薄饼变得均匀了，他们将圆饼切成了一块块橡皮状的。妈妈买了一份桂花酥。我忍不住尝了一口，一股淡淡的桂花香夹杂着花生的味道在我口中弥漫开来，一直萦绕到我的心头……

品着香甜的桂花酥，我们又来到了闻名遐迩的“张小泉”剪刀门市店。一进门，我就被怔住了：一把高约两尺的剪刀直立在我的面前，这把巨型剪的刀刃上刻着三个大大的字：张小泉。妈妈告诉我，张小泉是打制剪刀的鼻祖。他打出来的剪刀锋利耐用，与众不同。环顾四周，柜台里的剪刀更是应有尽有：小巧玲珑的咪咪剪、身披龙袍的黄金剪、可爱的卡通剪……这些造型各异的剪刀看得我眼花缭乱。

另一个摊子上更是围得水泄不通，我和妈妈好奇地奔上去一探究竟，原来是手艺人现场剪人像。只见一位时髦的阿姨端坐在艺人面前，屏气凝神，大气不敢喘，眼睛也不敢眨，那正襟危坐的样子把气氛调到了紧张的程度。手艺人却不露一丝怯色，将所有的注意力都集中在创作上。瞧，他左手拿着一张红纸，右手握着一把小巧的剪子，身体一会向前，一会仰后，嘴里似乎又叨念着什么……

看着他俩，我的心都提到了嗓子眼，生怕手艺人一不小心就将作品给剪断了呢！可手艺人剪得恰到好处，张开红纸，那纸人果真剪得惟妙惟肖。也许阿姨一开始也和我一样心存几分疑虑吧，可当她看到自己的人像，便把嘴巴张成了O形。众人纷纷议论开了："这也太神了吧！""这个作品剪得活灵活现！"……大家议论着，赞赏着，唯一不动声色的是这位手艺人，似乎他已经习惯了众人对他的赞赏。瞧，没多久，他又开启了第二份生意。

这条古街上我遇到了许多手艺人，我真希望他们精湛的手艺能够一代代传承下去，并且发扬光大。

木和堂

四眼井是满陇桂雨公园附近的一口小井，因其有四个取水口而得名。如今四眼井一带全是风格迥异的民宿。

我随妈妈来到杭州，入住四眼井的木和堂，便是一种难得的享受了。刚进小巷，放眼望去只是一些普通人家，异常朴素。沿着长长的上坡路，走了好一段，心中不免有些小失落，可是当我见到木和堂民宿，心中又涌起一阵窃喜。那片绿绿的爬山虎快把整面墙都要覆盖了，它们在微风中摇曳生姿。门上挂着三盏大红灯笼，很显喜庆，娟秀的三个“木和堂”店名，更显出一派独特的农家风光。

走进木和堂，我看见了一只肥硕的“招财猫”，上去一摸，那猫“蹭”地站起来，睁着圆溜溜的眼睛生硬地望着我们，占着凳子像抢到宝座似的，颇有居高临下的气势。另一只猫则趴在桌子上睡午觉，挺懂享受。哈，真是一只慵懒的猫!

木和堂的大厅处处散发着古朴的气息。若有若无的音乐在大堂中飘荡着，置身其间，能闻到一种令人舒心的古木香气。光看大厅，并不像民宿，倒像是一间布置精美、格调高雅的茶室：小巧玲珑的古玩、叮当作响的风铃、竹藤编织的椅子……

主人领着我们去自己的房间。我们顺着木制的楼梯，得以见到它的真容：门牌是西湖十大景观之一的“苏堤春晓”，两张木制的大床扑入眼帘，柜子上摆放着一盏五彩琉璃灯，百叶窗、马槽状的洗脸盆、复古的淋浴头……难道我置身于民国年间不成?

第二天一大早，我心中惦记的还是那两只猫。我顾不得吃饭，就飞奔下来找它们。我抱起一只猫在怀里玩弄着。也许是弄疼它了吧，那猫一刻不停地叫唤着，便开始在怀中张牙舞爪。我只好放它下来。听到店主告诉我这一只猫的小名——等等和小笼包，我不由得笑了：那躺在椅子上胖嘟嘟的它，脸褶皱的样子就是小笼包的模样啊！与小笼包相处的时间一长，我们就成了一对伙伴，甚至连吃饭的当儿也想留给它一根香肠呢！

要告别木和堂了，我的心中不免有些眷恋，眷恋那份独特的民宿风格，还有心中的那只可爱慵懒的猫——小笼包。

新兴古镇

面对现实的喧哗，我们渴望在莫干山寻找一处宁静的角落，隔开这层繁华，追寻朴素、淡雅，而新兴古镇是个不错的地方。

踏过红木制成的门槛，我们来追寻古老的足迹：一面面斑驳的墙、青石造成的小桥、碧绿的河水、拄着拐杖的老人……周围的一切都尽显着这儿的祥和与静谧，没有车辆飞驰的汽笛声，没有小贩杂乱的吆喝声，也没有过路闲人三三两两的聊天声。我们沿着小小的弄堂，屏气凝神地往前走，生怕打扰了这儿的宁静。

天气十分炎热，可是头顶的屋檐，却为我们阻挡着炽热的阳光。我凝望着这里的小桥流水人家，思绪万千，倘若这时来场牛毛细雨，那么这儿就组成了一幅“杏花烟雨江南”的水墨画。不知走了多久，映在我眼前的竟是一幅慈眉善目老人的画像。乍一看这位老人，正和气地望着我们，嘴角微微上扬，在画的另一头凝视着大家。可定睛一看，我大惊失色，这位老者竟然长了六只手！可是导游却笑了笑，说：“这位老人正是道教、儒家、佛教的化身，为明朝皇帝朱见深所作，他希望告诉当时的文武百官，道教、儒家、佛教能够并存一世，希望一切太平，这正是颇有名气的《一团和气图》。”

我欣赏着这幅绝妙之作，惊叹于古人朱见深崇高的智慧。画中的老者凝望着我，眼神是如此慈祥，目光比我们更具密度。老者仿佛已经超脱了，向人们送去微笑，当作答复。我呆呆地望着，仿佛回到了千年之前，眼前的一切

都活跃起来：香炉里悠悠地飘出若有若无的檀木香，形成一股奶白色的烟雾。窗外，天刚蒙蒙亮，悠远的蝉鸣与清脆的鸟叫交杂在一起，山外白云，云飞天外，瀑布飞溅，从而形成潺潺流水，真正是“山光悦鸟性，潭影空人心”。窗内的老者闭目养神，正打着坐，嘴上喃喃念叨着佛经，他不会理会世俗的一切，专心攻读佛经。天渐渐亮了，老者依旧攻读佛经，直至中午，他才似乎想起该起身了，这才不慌不忙地收拾好一卷又一卷的经书……

导游又领着我们来到另一个地方，向里走，翠绿的爬山虎垂下长长的藤，在风中缓缓摇曳着，为我们制成了四季常青的窗帘。拨开“窗帘”，整面墙上竟厚厚地覆盖着碧绿的爬山虎，翠色欲流。我遐想着：这面温暖的墙是否想脱下绿色的外衣，从而变得凉爽呢？

一路上，我们走走停停，时间飞逝着，大家上了车，车驶向宾馆去，可人们的思绪依旧停留在那儿……

状元楼之夜

今天，我们有幸踏入了状元楼的大门。这门，可不是一般的门，红木为底，金“球”为衬，两个狮头也龇牙咧嘴地怒视着来来往往的闲客，两旁的石狮也添了分威严。踏进古色古韵的大门，便是大堂了，身穿旗袍的迎宾小姐向我们点头致敬，若有若无的古筝曲在大堂中流淌，空气中弥漫着虚无的檀木香，太师椅端正地摆在正中央，墙上全是历代状元的尊姓大名，而墙的一旁，则是庄严的华表。

到了二楼，就更能看出这儿的不同凡响了，三潭印月，小桥流水人家，如一幅巨大的江南水墨画。那池中盛开的荷花，正如《爱莲说》所云“出淤泥而不染，濯清涟而不妖”，亭亭玉立，中通外直。翠绿的荷叶配上粉嫩的荷花，弯弯的石桥配上潺潺的流水，一卷江南风景画跃然纸上。

我们边走边瞧，不久便到了清王府的门前，匾额上刻着一个烫金的娟秀的大字——清王府。走进里头，红木椅子足有人那么重，餐桌旁是一把把太师椅，象征着权威，派头十足。我们几个调皮的孩子争相“高登王位”，摆出一个个稀奇古怪的动作合照留影。

刚聊了一会儿天，第一道菜就登场了，只见一个精致的竹篮中盛放着瓷碗，瓷碗里是令我们垂涎三尺的面粉烙鳕鱼。光看这面粉烙鳕鱼，当然不稀奇，可它巧妙地配上

了竹篮，宛如采茶女手中的竹笠，你说稀奇不稀奇？大家如饿狼扑食，风卷残云般地将这道菜一扫而光，还没品出个味，这菜却早已下肚。

伴着节奏激昂的《战台风》，第二道菜也如约而至。这是一道味儿鲜美、色泽明亮的酸菜鱼，深绿色的花椒、浅绿色的青椒与鲜嫩的鱼肉、鲜美的鱼汤凑在一起，酸菜鱼成了！我用勺子舀起鱼汤，轻轻啜上一口，我想，这个世界上一定没有比这汤更鲜美的了，它一定比琼浆玉液更胜一筹。当然，鱼肉也毫不逊色，每一丝肉都连在一起，很有嚼劲，咬上一口，如同在品味满汉全席。

大家津津有味地吃着，兴致勃勃地聊着，时间也不知不觉地飞逝着，菜肴也上了一道又一道，我已经饱得打嗝了。这时，最后一道菜终于现出了影子，那是一块块白白净净的糯米捣成的糕点，方方正正，上面印着红色的字——状元糕。妈妈说，状元糕代表着美好的寓意。我便从容地夹起一块，咬上一口，嗯，真不错，甜而不腻，味道像是黄内糕。

我们的肚子撑得再也塞不下一个东西了，才恋恋不舍地离开了世外桃源。我一步三回头地走上了回家之路，还在回味着刚才的美味佳肴……

忆北京，最忆是故宫

谈到北京，首先在脑海中一闪而过的定是雄伟的长城、壮观的天安门以及庄严肃穆的天坛……而我最先想到的却是明清两代的皇家宫殿——故宫。

自小，我就对故宫有着无穷的迷恋。我迷恋那高大的城墙，迷恋那潺潺流动的护城河，迷恋那斑驳的青石板路……那儿的一切都能让我为之震撼，所以那一直是我梦寐以求的地方。今天，伴随着蒙蒙烟雨，我终于来到了心中的神圣之地——故宫。

沿着棕红色的城墙，跨过红木制成的门槛，高大的乾清宫扑入眼帘：鎏金的飞檐翘角、龇牙咧嘴的石狮、腾飞的巨龙……一切都彰显着皇家的气韵与庄严。

此时，依然是蒙蒙细雨，透过雨帘看着乾清宫，也别有一番韵味。走到乾清宫门口，抬头便能望见一个巨大的牌匾，上面镌刻着几个娟秀的大字——乾清宫。我向里边望去，突然，一道金光朝我射来，刺眼极了。天哪，这不正是龙椅吗？它闪着耀眼的光芒，衬得周围的一切黯淡无光。这是古代皇帝上朝的地方，每天清晨，皇帝便会与大臣们商讨政治、商业、民粮等问题。大殿中央的两旁各摆了一面明镜，据说是皇帝为了防止被奸臣暗算而摆上的。皇帝只需用余光瞟几眼，便能得知哪位大臣忠心耿耿，哪位大臣可能心怀鬼胎。这面明镜已然落满灰尘，像两位饱经风霜的老者，守护在大殿中。

踏着坑坑洼洼、长满青草的石板路，交泰殿就到了，这是自明朝以来，皇后处理后宫烦琐事务之地。大殿的中央，有两位皇帝亲笔题写的大字——无为。妈妈说，无为不是无所作为，无所事事，而是不做无效的工作。看来，无为的境界是高深的。这里的一切都无一不是金亮亮的，无须灯光掩映，依旧金碧辉煌。

游慕田峪长城

我们一行人也算不平凡的驴友了，总能另辟蹊径找到好地方安心游玩，在谈笑间把一切事宜安排妥当。当然，这些都归功于大人们的精心策划，而不是所谓的巧合。

乘上大巴车，我们欣赏起山景，一会儿就到慕田峪长城脚下。它可是长城中的精华，低调地出名着，不为众人所知，是当时朱元璋手下大将徐达指挥修建，已有一千多年的历史，沉淀着岁月的沧桑。

我站在山脚下，不觉感叹自己的渺小，不过是沧海一粟罢了。这儿的山不是连绵起伏的，也不是重重叠叠的，用“崇山峻岭”来形容似乎又缺了点什么。快了，快到了，只见远处的长城似一条飘带，从高山的一头缠到了另一头。

开始去坐缆车了，我欣赏着两旁连绵不断的景色。山上全是各式各样的树木，有的翠色欲滴，有的是浓浓的深褐色，还有的则是耀眼的新绿。缆车如约而至，我丝毫不紧张，甚至有一种满腔的愉悦，期待一种飞翔。妈妈却有些望而却步了，战战兢兢地迈上缆车。

缆车上，我望着下方，迎面而来的是巍峨的高山，潺潺的流水，一个火柴盒般大小的村庄……一切尽收眼底。我们终于踏上了朝思暮想的长城，四周的高山如一位唯美的印度女人，而弯弯曲曲的长城则是一匹丝绸，缠着那位印度女人；又似一盆羊齿类植物，从墙的一头疯狂蔓延到另一头。

两旁是烂漫的山花，我们斗志昂扬地开始奋力往上爬，没攀几级，第一座烽火台就到了。烽火台像座迷宫，既阴暗又潮湿，阳光能从顶上投下一束小洞般大小的光。绕了许久，我们终于看到了向上的阶梯，很陡，我不得不用力抓紧铁杆，一级一级，艰难地向上爬。走出烽火台，盘旋而上的长城又映入眼帘，我一鼓作气往上跑，一开始倒是活力四射，没几分钟，就体力不支，肚子隐隐作痛，头发也散了架。我开始大声喘气，以求呼吸保持平衡。

透过凹字形的城墙垛口，往外看，迎来了满眼青翠：树是青的，草是绿的，连溪水也荡漾着一抹绿色，那可是青苔的功劳。

岁月悠悠，长城的雄伟依然如故，只是墙面已然变得斑驳，可仍然不影响它的气势磅礴。不难想象古代劳动人民的别具匠心，他们为了防止外敌入侵，修建的城墙坚不可摧。当然，关于长城，听到更多的还是诸如“孟姜女哭长城”这样的悲剧，是血，是泪，更是古人智慧的结晶！

印象五大道

今天，我们来到了五大道，这里曾是英国租界所在地，虽然基本上都是西洋建筑，给美丽的津城增添了色彩，但是我们不曾遗忘，我们的国家曾经有过一段屈辱的历史。

既然来到了五大道，那马车是必乘不可的。我们买好了票，坐在精致无比的马车上。前面的马儿扬起高高的鬓毛，一甩一甩的，一对耳朵也随着脚步声抖啊抖，煞是可爱。

五大道上的建筑群真是别具特色：欧陆风情的小洋楼、各式名人住宅、万国建筑博览会……满墙满院的各色月季花：红、白、粉、米黄……它们竞相开放，互相媲美，装点着整个院子，散发出一股沁人心脾的香味。

马车向前行驶，我们发现了一座古朴的红色建筑。听导游介绍，这一块块砖是千里迢迢地从英国运来的，每一块红砖都值一袋大米的高价。我想，当时每块砖的价值竟然可以维持老百姓好几个月的生计，选材的讲究不得不令人惊叹。

接着，我们参观了举世无双的瓷房子。它是中国人张连志设计的，因贴满瓷片、美轮美奂而榜上有名。说它绝无仅有也不过，主人竟然将他收藏了多年的唐三彩、宋元官窑、明清珍品一并作为建筑材料粘在墙壁上，极尽奢华。我们顺着窄小的楼梯往上走，天哪，就连扶手上也粘满了瓷片！鼎鼎大名的画家张大千的荷花图也变成了瓷片版。一朵朵荷花被粘得如此细致，碧绿的荷叶衬托着红色的荷花，显出一派“绿肥红瘦”的景致。

走进阳台，不信你环顾四周，或者抬头望去也罢，每一处都是瓷片，大的、小的、规则的、不规则的……看得我傻了眼。天花板上全是一个个青花瓷的盘子，中间那个最大的居然是乾隆帝亲笔题画的，果真是价值连城！柱子上粘满了一片片碎瓦，近看，有唐三彩的，色彩明丽；有青花瓷的，朴素淡雅；还有普通的花瓶，同样精致。

虽然五大道是一段屈辱历史的象征，但这段历史却让我们见证了今日的辉煌。

游鸽子窝公园

暑假里，妈妈带我去北戴河游玩。

第二天一早，我们就来到了鸽子窝公园。一进门，远远地，我就闻到了一股海的味道，或浓或淡地铺散开来。眺望大海，远处是深深浅浅的海水，蓝的绿的，夹杂在一起。此时，碧蓝的天空、湛蓝的海水、洁白的鸽子，宛如一幅“碧海蓝天”的美丽景象。时不时吹来几阵微风，抚摸着我的脸庞，柔柔的。一切都是那么美好。

我和小伙伴们自然也按捺不住自己的兴奋劲，提着桶，拿着渔网，跑向海滩。我俯下身，定睛一看，海水里漂浮着一条条碧绿的水草。这些水草宛如长长的细发，那么飘逸，那么柔美。鱼儿们就喜欢躲在里头嬉戏，这儿一群，那儿一簇。无论我怎么使劲都无法抓到灵活的小鱼。我一惊动它们，它们就逃向更深的大海……真让我束手无策。每一步，我走得更加小心翼翼，悄悄拿起渔网，跟在那条鱼后面。但这条鱼好似脑袋后面长了眼睛，一溜烟，跑远了。我不甘心，又以迅雷不及掩耳之势跑上去，一捞网，两条傻傻的小鱼便稀里糊涂地进了我的渔网。我信心十足地继续跟踪这群小鱼，可无论如何我都没法再捕到一条鱼儿了。我明白，刚才我的举动等于给了它们“杀鸡儆猴”的效果。那些小鱼一下子全钻进沙子里。我怎么用力，也抓不着它们了。

玩了一上午，海滩上回荡着我们欢乐的笑声，那么深远，那么纯粹……

游泉州开元寺

泉州的开元寺坐落在平淡无奇的鲤城区西街，与凡世的隔绝仅是山门前一堵象征性的屏障——紫云屏，这无形缩短了尘世与佛门的距离。

步入大堂，两尊面目狰狞、怒目圆瞪、身材魁梧的金刚闯入我的眼帘，让人不寒而栗。在望而生畏的背后，我又疑虑重重，佛门中不是应该有四大金刚才对？为何在这里只区区两尊？正当我疑惑不解时，导游说这是“哼哈二将”，是出自明代小说《封神演义》中的两位门神。原来如此！望着哼哈二将黝黑的面孔，我的恐惧如浮云一般一扫而光。

踏在布满青苔的石板路上，我们不知不觉来到了东塔——镇国塔前。镇国塔的石壁上雕刻着花木草卉、飞禽走兽。整座塔飞檐翘角，塔顶十分尖锐，像是下决心要用其尖锐刺穿天际。据说，明代年间，鲤城发生了一场八级大地震，整个鲤城几乎在一夜间毁于一旦，夷为平地。可令人震惊的是，东塔镇国塔和西塔仁寿塔却岿然不动，丝毫无损。这不得不让后人赞叹工匠们那鬼斧神工的造塔技艺。镇国塔和仁寿塔遥相呼应，像两位高大的武士，守卫着鲤城的安全。

离开镇国塔，走在狭长的走廊上，两边古木参天，雨帘更增添了此时的恬静之美。一棵棵百年甚至千年的榕树，屹立在大殿两旁。看到眼前的大榕树，我好奇不已：这榕树的枝干层层叠叠，不可计数。枝上又生出了根，有许多根直垂到地上，伸进泥土里。枝上是碧绿的叶子，翠绿的颜色明亮地照耀着我们的眼睛，似乎每一片绿叶上都有一个新的生命在颤动。

菩提树也不失风采，枝干高且直，顶着满头的碧绿，清高地向游人展示它鲜活的生命力。相传菩提树是佛祖打坐成佛的圣树，树上不会有蜘蛛结网，更不会有鸟儿来做巢，无比圣洁。

带着虔诚之心，步入正殿，五方佛进入我的眼帘。它们代表了东西南北中五方，只有等级相当高的寺庙才会有五方佛。五方佛面容端庄慈祥，安详地望着世间众生，那眼神像是能包容一切天下难容之事。我们跪在垫子上，请佛祖接受我们这虔诚的膜拜。

一抬头，一方藻井闯入了我的视线。十二对伎乐飞天正架在藻井上，吹拉弹唱，体态婀娜。据说，这二十四个飞天竟分别代表中国的二十四节气。而藻井中还藏有一张八卦图。没想到本不与佛教沾边的藻井竟有这般深刻的含义。

离开大殿，进入了古船博物馆，一艘巨大的古船陈列在大堂里。这艘船看上去已是破烂不堪，残缺不已，只能大概看到船型。也难怪，据说这艘船是在70年代被考古工作者在鲤城海湾发现后将其拆开，再拼装上去，如今陈列在这里，当时在船里还挖掘到了大批珍贵的文物。望着它，我仿佛能看到这艘沉船曾经在波涛汹涌的大海里搏击风浪……

游览泉州开元寺就是拥有了一次精神的洗礼，让我与中国的佛教文化，与建筑艺术有了一次美丽的碰撞。

雨中游庆安会馆

在钢筋水泥的高楼大厦间，在奉化江畔，坐落着白墙黛瓦的庆安会馆。庆安会馆是百姓用来祭祀海神妈祖的场地，也是船工们平时聚会的场所，似乎与周遭的摩天大楼格格不入，倒显出了一份与众不同的幽静。

那天正是阴雨绵绵，将整个城市笼罩在朦胧之中。大家怀着虔诚的心来到了仰慕已久的庆安会馆。步入大殿，一尊海神妈祖神像正供奉在眼前。妈祖宽额方脸，面容端庄、慈祥，正宁静地望着前方，仿佛也正望着出行的航船，庇护他们平安归来。

看了介绍，我才得知妈祖原是宋朝的民女，原名林默，以行善为乐，水性好，常在海边眺望着出行的渔船，望他们平安回归。之后，宋徽宗为了纪念林默，便建造了一座座会馆，以祭祀她，还封她为“妈祖海神”。

此时，我的内心像翻起了层层巨浪，久久不能平静。

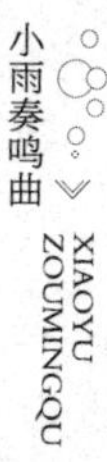

这座小小的神像，其分量一定是沉甸甸的，因为这其中包含着多少百姓的顶礼膜拜。

我们也跪在垫子上，请妈祖接收我们虔诚的膜拜。此刻，妈祖正慈祥悲悯地望着我，我的耳畔仿佛回荡起妈祖的教诲："人要以行善为乐，勿以善小而不为，勿以恶小而为之。"我感激地望着妈祖，心中默默念道："我知道了，我一定会以行善为乐。"在蒙眬中，我看见妈祖正对我微微一笑，似乎是赞许地点点头。

步入四合院，正中央有一座戏台。戏台的藻井金碧辉煌，巧夺天工。藻井呈圆形，外轮有如含苞待放的牡丹，象征着雍容华贵。一只只孤傲的凤凰缠绕在柱子外，顶着形如圆盘的藻井，真可谓是富丽堂皇。

踏在青石板上，走过高高的马头墙。马头墙上已有了斑驳的痕迹，道尽了岁月的沧桑。此时，我感觉自己正走在江南古院落，要不是这精致的戏台，我差点以为自己扰了这小小院落的一帘幽梦。

庆安会馆与安澜会馆仅是一墙之隔，风格却截然不同。一条用檀木雕刻而成的巨龙映入眼帘。我想这只不过是一根再普通不过的檀木，可能工巧匠却根据其自然形态，增增减减，将那条龙刻得惟妙惟肖，细密之处连龙珠和龙鳞也一览无余。

再次回望妈祖神像，妈祖正蔼然含笑，凝神注视着远方。此时，她的眼里是不是海上逆风而上的航船呢？

风雨天一阁

“书藏古今，港通天下。”这是我们宁波人都耳熟能详的。今天，我就来到了自己倾慕已久的藏书楼——天一阁。

走到大门前，抬起头，一块牌匾就立刻映入眼帘，上面刻着四个刚劲有力的大字——南国书城。这是著名书法家潘天寿所书。它的两旁有两头石狮盘踞在大石底座上，铜铃般的大眼睛望着来来往往的游客。它们四目相对，怒目圆瞪，守护着经历了几百年沧桑的天一阁。

走进大门，我们首先看到了一座老者的雕像，他神情严肃，头戴官帽，手持书卷，身体端坐在石椅上。他就是天一阁的创始人——范钦。院落里，马头墙旁缠绕着一片片绿色的爬山虎，灰白的墙壁，乌黑的瓦片，精美的图案，这些更增添了一分古香古色的韵味。

我们继续沿着鹅卵石铺成的小径往前走，看到了一块巨大的照壁。上面雕刻着一条麒麟，它飞在祥云之上，我总感觉它在练习“狮吼功”呢——张开大嘴，露出锋利的牙齿，抬着头，对着天空咆哮。

穿过东明草堂，我们来到了北书库。透过玻璃，我们看到了一个个用沉香制成的书柜，离地面一尺来高，柜子里叠放着一卷卷泛黄的书籍，每叠书的中间都夹着一袋药包。据说，这是为了防潮和防霉设计的。

穿过窄窄的弄堂，我们又来到了南园，这里古木参天，池子也被绿荫环绕着。池里的锦鲤成群结队地穿梭着，好不热闹。我们把吃剩的豆渣饼拿出来，揉成小团子，扔进池里。鱼儿们一拥而上，纷纷过来你争我抢，嘴巴一张一合，凑在一起，鱼尾摆动着，竟组成了一片绚丽的烟花。这时，几滴雨丝从天而降，水里泛起层层涟漪，周边的绿树倒映湖里，湖面变成了一块碧绿的翡翠，令人赏心悦目。天一阁以其悠久的历史，如一位老者般静默着。而灵动的鱼儿们就是精灵，打破了这方寂静，让一种叫作生命的东西跳跃起来。

穿过南园，跨过高高的门槛，我们来到了放映厅。片中，我了解到了天一阁名字的由来，源自于《易经》中的“天一生水”，书最怕火攻，所以为了防火，因取其名。天一阁的书卷保存到现在也是历经磨难，曾经竟有两个盗贼联合把1000多册的书籍当作废纸去贱卖。一本古籍才值区区两角！看到这里，我紧紧地握住拳头，牙齿咬住嘴唇，不禁为盗贼的卑鄙行为感到愤怒。

之后，我们又陆续参观了司马弟、北水阁、平和堂，每一间古屋，每一块布满青苔的石板，都在无声地诉说着它那一段动人心弦的历史……离开了天一阁，我的心久久不能平静，或许为藏书者的伟大而惊叹，或许为盗贼的无知卑鄙而愤慨。

“饕餮盛宴”——记南京大牌档

俗话说：“民以食为天。”在南京城，我们怎么可以错过闻名遐迩的南京大牌档呢？

老远，我就看到了五个烫金大字——南京大牌档。进门后，我看到了一位装扮特别的堂倌：他头戴小毡帽，身披长袍，脚穿布鞋。见我们一群客人进来，他连忙将微笑拧成了一朵花，还拱手作揖，像电影里大臣给皇上请安似的。我们不禁被他的演技逗乐了！我环顾四周，发现一大片黄灯笼星星点点。此时，无论是戏台，还是老式板凳、大圆桌……一切都显得古色古香，仿佛让人置身在民国年间。

菜品陆续上桌啦！第一道——民国美龄粥。顾名思义，这可是活到106岁的宋美龄喝的养生粥呢！我充满期待地盛了一碗尝尝，嗯，味道真不错！浓郁的豆浆味夹杂着新鲜的泰国大米，加上爽口清脆的山药。品一口粥，咬一块山药，喝一口豆浆，一股子奶香味在我的舌尖弥漫开来，使人回味无穷。

伴着“咿咿呀呀”的评弹声，清炖狮子头飘然而至。青翠欲滴的青菜与肥而不腻的狮子头，简直成了一道美味佳肴。我忙不迭夹起一块狮子头尝鲜，轻轻一咬，入口即化，这分明是一种与众不同的味道。

无论是美味诱人的蟹黄豆腐、嚼劲十足的酱香猪蹄，还是香糯爽口的桂花拉糕、香气四溢的地锅小公鸡，都让我们一桌子的“吃货”心满意足。香气扑鼻的佳肴陆续端上桌来，大伙儿都争先恐后拿起筷子夹菜。有时，为了挑一块上好的猪蹄，好几双筷子竟碰撞在一起！大快朵颐的场面堪称热火朝天。

我们一行人吃饱喝足，挺着滚圆的肚子走出了南京大牌档。在回宾馆的路上，我还在回味刚才的美味佳肴呢！

桨声灯影古秦淮

有句话说得好："不到夫子庙，枉来南京城。"今天下午，我们就慕名来到了闻名遐迩的南京城夫子庙游览。

随着熙熙攘攘的人群，我们来到了夫子庙的一条街。抬头望去，一块牌匾上刻着三个娟秀的大字——古秦淮。两边的古建筑群青砖白瓦，古香古色。香气扑鼻的小吃、琳琅满目的玩具、各式各样的明信片……看得我眼花缭乱。此时，连霓虹灯也争着绽放出绚丽的色彩。

这里人流如织，飞檐翘角……我的目光停留在了江南贡院，那是一间间矮平房，白色的墙面上写着许多姓氏，看上去整齐有序。据说它是古代最大的考场。每三年都有考生源源不断地进入考场。它看似狭小，却是改变命运的起点。再看，城门的大红灯笼上书写了六个大字：状元、榜眼、探花。我们都情不自禁地跑到“状元”下拍照留念，寄托自己美好的愿望。

顿觉天色已暗，我们便跳上了一座刻着桃叶的画舫，选了个靠窗的位置坐下。画舫启动了，在湖面上缓缓前行。微风抚摸着我的脸颊，我感觉丝丝凉意。两岸的仿古建筑灯火通明，流光溢彩。星星点点的灯笼映入眼帘，显得喜气洋洋。我忍不住跑向船头，欣赏着具有特色的照壁，一条长龙即将腾飞而起。此时，船桨的“汩汩”声也放大了好些倍。夜幕降临，秦淮河好似一面镜子，将两岸扑朔迷离的灯火映在河里，映衬在时光里。“烟笼寒水月笼沙，夜泊秦淮近酒家。”随着摇曳的灯火，我想到了古代有多少才子佳人来这里游山玩水，又有多少文人墨客来这里吟诗作画，才留下了流传千古的名句吧！不知不觉中，船靠岸了，我小心翼翼地走下了还在河上荡漾的小船。

秦淮河真是沧桑历史的见证，长久岁月的沉淀啊！

重庆——味蕾的挑战

去重庆，不可不吃的当然是火锅。可当我看到了那所谓的“鸳鸯锅”——那满锅的红汤冒着泡，而中间只有一小盆的清汤。我不禁有些惧怕了：我可是从来不会吃辣的。

罢了，只得夹几块肉放进沸腾的清汤，伴着“扑哧扑哧”的水沸声。清汤也散发出了浓浓的香味，肉片由血红转为浅红，从浅红转为淡褐。开动了！一块块肉片浮在水面，立刻有几双筷子碰撞在一起，大家相视而笑，夹起薄如蝉翼的肉片，幸福地咀嚼着。

嗯，肉片很嫩，嚼起来很香，蘸上蒜蓉更是美味。真是神奇，一块小小的肉片竟能勾起我们的食欲。大家将白菜、羊肉、肺片投入鸳鸯锅中，七八双手交织在一起，这是要大快朵颐的节奏。

因为我不能吃辣，即便是清汤锅，汤内也是辣味四起。辣味似千军万马般朝我袭来，在我口中蔓延，又在舌尖疯狂地跳跃着、大笑着，辣得我直吐舌头，可还是徒劳的。我只好端起杯子将雪碧一饮而尽，可雪碧并没有消除我的辣味，反而让我更想流泪了：辣味已不仅是跳跃了，而是横冲直撞，伴着一些辣味在舌尖上消逝，却又有更多的辣味冉冉升起。我用泪眼看同伴，她的耳根也早已红透。

哎，反正已经很辣了，就干脆让它辣到底吧！我不顾一切地张开嘴，抄起筷子这边夹起一块虾滑，那边夹起一根青菜，吃得不亦乐乎——肚子鼓鼓的，舌头麻麻的，但是很舒畅，汗也不断地沁出来。在重庆，因为辣味，感觉自己竟然也变成了一个女汉子，那种感觉真叫酣畅淋漓。

走在路上，我无比的满意，吃饱了，睡一觉会不会更满足呢?

江南乌镇

新年第一天，爸爸妈妈带我来到了向往已久的乌镇游玩。

乌镇是鱼米之乡，也是丝绸之府，是江南六大名镇之一，是具有六百余年悠久历史的古镇，曾名为“乌墩”和“青墩”，是一个美丽至极的地方。

刚到乌镇，已是华灯初上，夜幕降临的西栅景区人头攒动，灯火阑珊。波光粼粼的湖面上倒映着古建筑的轮廓。此时，古朴的民居、气派的乌镇大剧院、拱形的石桥，显得银光闪闪，十分动人。走上高高的石桥，整个西栅的夜景尽收眼底：琳琅满目的花灯、别具特色的小吃、精致的手工艺品，看得我眼花缭乱。

夜晚，我们居住的陆阿姨民居突然停电了。寒冷的夜里，一片漆黑，我和姐姐只能躲在还算温暖舒适的被窝里，靠手电筒，度过了这难以忘怀的一夜。蜷缩在被窝中，我兴奋地想着明天的旅途，不知不觉地进入了甜甜的梦乡。

第二天一早，我们又参观了东栅景区。沿着窄窄的弄堂，“三白酒坊”这四个遒劲有力的大字映入眼帘。往里走，一股浓烈醇香的酒味扑鼻而来，整个巷子都弥漫着酒香。正所谓“酒香不怕巷子深”，这不，游客们蜂拥而至，前来柜台购买特色的米酒。在酒坊的一隅还陈列一排排留有余香的酒坛子，掩映着发黑的墙面，更添一种古朴的韵味。

并不起眼的胡同里，一位老人正坐在小板凳上穿针引线纳鞋底。只见她一手拿着布鞋，一手握着脚模，正准备将它塞进布鞋里。接着，她将布鞋扣上，放在了一旁。工作坊里的一双双绣花鞋，十分小巧。这让我不得不赞叹老人家精湛的手艺。

置身于乌镇，踏着青青的石板路，两边是雕花的窗棂、斑驳的墙面、破旧的屋檐，一切都显得那样古色古韵。

这次新年旅行我一睹了江南水乡乌镇的风采，在我心中留下了永不淡去的印象……

寻绿

沿着弯弯的石桥、碧绿的爬山虎、清澈的泉水，顺着青石制成的台阶，我们来寻觅那剑池的绿。

爬山虎是碧绿的，香樟是草绿的，小草是嫩绿的，大自然的绿是霸道的——连台阶，也是绿色。此时，正下着蒙蒙细雨，云雾让整座山都笼罩在了一片朦胧之中。雨渐渐变大，打下了一片又一片粉嫩的花瓣。我想雨水真是偏心，将花无情地打落下去，却滋润了一树的绿。打落的花儿在地上被人们肆意践踏。一地的红花在哭泣，剩下的叶子越来越霸道，越来越绿，将整棵树挤得水泄不通。雨珠顺着他们的身子往下落。一颗颗晶莹剔透的水珠也落在了红花上。柔弱的花儿们又被雨珠推搡下去，成了绿叶的牺牲品。

雨停了，太阳探出身子，普照着大地。谈笑间，大地光芒万丈。那些绿叶熠熠生辉，叶子上的露珠在阳光的反射下晶莹透亮，叶子们也像个嫩绿色的胖娃娃，从年画里逃到了树上，正抱着肥胖的大鲤鱼，朝我们笑呢。而本该令人怜惜的花儿，洒了一地，成了一地的落红，应了那句“红颜薄命”。看到了这幅画面，你是否能够看到千年之前的少女李清照，在瓢泼大雨的那个夜的惋惜？是否隐约看到了她问自己的卷帘人，院落的海棠是否依旧？是否看到了窗外的海棠落了一地，只剩绿叶在枝头，她的叹息？我都看到了，现在，不正是“绿肥红瘦”的场面吗？

幸而，叶子的绿是灵动的，不呆板的。只要你一抬头，便能看见绿叶如精灵般在枝头歌唱。在风中，叶子“沙沙”地舞动，似一堆堆跳动的火苗，把我们这些飞蛾般的目光牢牢夺了去。

乡遇

一只空碗，几两小面，一盆清汤，几勺辣酱，端坐于小板凳上，在山城重庆清鲜的空气中，逃离尘世，我愿静静地，与你在十八梯吃完这碗小面。

十八梯位于渝中区，它间隔着两座城的繁华。它的左边是车水马龙的上半城，洪崖洞就镶嵌于上半城这颗耀眼的钻石间；而右边，则是人头攒动的下半城，解放碑在它的怀抱中，高高竖起，十八梯，如同两座高耸的山脉之间深深的沟壑，不耀眼，也不讨人喜欢，可它的确是我们了解老重庆的一本最好的教科书。

步行来到十八梯，满满的残破感逼人而来。踏上略有残缺的阶梯，往下走，所谓的贫民窟映入我的眼帘：棒棒军挑着担子，一副能吃苦耐劳的朴实样，“嘿咻嘿咻”地唱着几句劳动号子，精神抖擞地往前走着。

不知顺着青石小路走了多久，也隐约记得我顺着阶梯往下走，数着“一、二、三……”，当右脚踏在平地上时，“十八”脱口而出，是了，就是了！我欣喜万分，四处眺望古朴的老树映衬着带有斑驳痕迹的老屋，怡然自得的居民正聊着天，似乎在谈论一年的收获。

走着走着，我的思绪飞到了一百年前。一百年前，这儿大抵是繁华的地带吧，否则，这儿怎么会变成最后一个未被拆迁的“老重庆”呢？一百年前，这儿也会有高高建起的戏台。也许，人们辛苦一天劳作后，会带上自己的瓜子，搬上一把凳子，在小巷的戏台下笑盈盈地看着，这也是他们茶余饭后唯一的娱乐活动吧，又或许，十八梯曾经也人头攒动，菜市场中，妇人们挎着菜篮子，提着白菜与商人讨价还价，为了再便宜些，装作走开……

顺着坡往下走，几棵古木从墙上探出头来，苔藓也甘愿做它的棉衣，厚厚地盖住了树干。小巷的路上，托着我们的影子，与叶子在风中摇曳的身影，风徐徐吹过，一扭头，墙上赫然写着——怪风太温柔，像老朋友，像旧时光。旧时的风也是这样徐徐吹过，让人更安详吧！

小巷两旁的屋子已经残破不已，人们走在台阶上，楼梯便吱嘎吱嘎地诉说着故事，属于老屋十八梯的故事——以前，它们的同伴吊脚楼也林立在此处，如今只剩下一些，甚至不复存在。也许，不久以后，这儿，也将在推土机下变成永恒的回忆……

虽未参与过十八梯的曾经，也不知未来如何，却带不走心底最真的记忆……

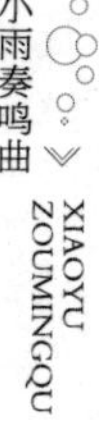